베를린 지하철역의 백수광부

베를린 지하철역의 백수광부

초판 1쇄 인쇄 · 2017년 3월 30일
초판 1쇄 발행 · 2017년 4월 5일

지은이 · 유경숙
펴낸이 · 한봉숙
펴낸곳 · 푸른사상사

주간 · 맹문재 | 편집 · 지순이, 홍은표 | 교정 · 김수란
등록 · 1999년 7월 8일 제2-2876호
주소 · 경기도 파주시 회동길 337-16 푸른사상사
대표전화 · 031) 955-9111(2) | 팩시밀리 · 031) 955-9114
이메일 · prun21c@hanmail.net / prunsasang@naver.com
홈페이지 · http://www.prun21c.com

ⓒ 유경숙, 2017

ISBN 979-11-308-1089-8 03810
값 13,900원

이 도서의 국립중앙도서관 출판예정도서목록(CIP)은 서지정보유통지원시스템 홈페이지
(http://seoji.nl.go.kr)와 국가자료공동목록시스템(http://www.nl.go.kr/kolisnet)에서 이용하실
수 있습니다.(CIP제어번호: CIP2017007429)

푸른사상 소설선

베를린 지하철역의 백수광부

유경숙 엽편소설집

푸른사상
PRUNSASANG

나는 세상에 대한 궁금증이 많았다. 그래서 책을 파게 되었고 거기서 옛사람 노자를 만났다. 어질고 총명했다던 그는 "텅 빈 골짜기에 무궁무진의 생명〔谷神不死〕이 들어 있으며, 그 골짜기를 현묘한 암컷〔玄牝〕이라 부르고 천지의 뿌리가 그 현묘한 암컷에 닿아 있어 면면히 이어져 오늘 존재하는 것"이라고 하였다. 젊은 나는 이 낡고 사악한 문장에 홀려, 여우굴로 떨어졌다.

어느 인간이든 내면을 깊이 들여다보면 감추고 싶은 옹색한 골짜기 하나씩을 갖고 있다. 그늘지고 축축한 골짜기에 웅크리고 있는 취약한 존재, 그 취약한 영혼에게 말을 걸며 손을 잡아주는 것이 소설가의 역할이라고 생각했다. 또 옛사람이 말한 텅 빈 골짜기, 그곳을 드나들며 이야기를 채웠다 덜어내기를 반복해서 성채를 짓는 작업이라고. 인생 굴곡진 터널을 더듬더듬 짚어가는 과정을 글로 담겠다고, 야무진 꿈을 꾸기도 했다. 세상과이 불화 때문에 마음이 꽉 닫혀버린 이에게 바늘귀만큼의 구멍이라도 뚫어주고, 깊은 상실감으로 가슴 한편이 구멍 난 사람에겐 바람막이 점퍼를 입혀주는 역할을 하고 싶었다. 그래서 그들이 제 입술을 열어 스스로 말하고 집 한 채씩을 짓도록 돕고 싶었다.

그동안 짬짬이 써났던 짧은 소설을 묶으며 다시 소설 쓰기를 돌아본다. 짧든 길든 소설은 작업자만의 언어로, 고유한 소재와 고유한 무늬로 집 한 채를 짓는 것이다. 개인의 소소한 이야기로 소품 하나를 만들기도 하지만 짧은 분량 안에 긴 서사를 압축시켜 졸박하게 완성할 때도 있다. 보통 나뭇잎 한 장 또는 A4 용지 한두 장에 쓸 수 있는 소설이라 해서 엽편소설(葉篇小說) 또는 초단편이라고 명한다. 짧다고 해서 결코 쉬운 작업은 아니다. 그렇다고 어려운 작업도 아닌 것이 초단편 쓰기다. 문학작품은 저마다 생명을 지녀 제 키를 제가 결정하고 독생자처럼 탄생한다. 작가는 그들의 말을 받아 적고 거기에 숨결 한 줌을 불어넣어줄 뿐이다.

문득 돌아보니, 맑은 눈에 머리숱 많던 여자는 어디로 가고 중늙은이 하나가 무한 삽질의 노역장에서 바닥을 기고 있다. 여자는 힘겹게 등짐을 지고 가파른 비탈길을 오르는 낙타 꼴이었다. 검은 머리카락과 시력을 앗긴 노역장에서 아직도 칼을 갈고 있었다. 애초에 칼을 좀 쓸 줄 알았더라면 궁금증의 헛것들을 단칼에 잘라버리고 사악한 고문(古文) 따위에 말려들지도 않았으며 등골 휘는 집자 노역에 사로잡혀 애면글면 삶을 탕진하지도 않았을 것이다.

　나는 먼 길을 에둘러 걸어왔다. 어쩌겠는가, 깨달음은 늘 뒤통수를 치며 한걸음 뒤에서 쫓아왔으니. 요즘은 내 귀가 참말로 순해졌다. 그래서 다시 노자의 말에 귀를 기울인다. 그동안 세상을 떠돌며 만났던 천지자연이 모두 나의 스승이었고, 참을 수 없는 호기심 때문에 여우굴로 떨어졌던 참담함, 어둠 속에서 웅크리고 있던 취약한 존재를 만난 것, 바로 그것들이 나를 살게 한 생명력이었음을 비로소 알았다. 음습하고 황량한 골짜기를 오르내렸던 힘으로 오늘도 나는 유랑길에 서 있다. 갈 길은 먼데 날이 저물었다. 저물녘의 내 그림자는 자꾸 무릎이 꺾여 허방을 짚기도 한다.

2017년 초봄에
유경숙 로사

7 천지자연이 나의 스승

1

유랑하는 자들

베를린 지하철역의 백수광부

독일에서 철학박사 학위를 따는 것은 시간 죽이기 세월이었다. 중세 암흑기로 돌아가 어둠을 갉아먹는 것과 다름없는 시간이었다. 상범의 지도교수는 수시로 압박을 가했다, 발품을 팔아 석관 속에 든 미라(mirra)를 찾아내 부활시키라고……. 그래서 그는 수년 동안 독일의 서남부에 있는 전통 깊은 수도원들을 찾아다녔다. 라인강 줄기를 따라 거슬러 올라가면 오래된 수도원들이 여럿 있었다. 그중에서도 마이스터 에크하르트(Meister Eckhart)의 문헌이 남아 있는 곳이라면 상범은 어디든 달려갔다. 봉쇄 수녀원이든 대학 도서관이든 샅샅이 훑고 다녔다. 에크하르트가 속해 있던 도미니코 수도회는 주로 도심에서 학문과 설교를 중심으로 활동했던 탁발 수도회였기에 자료가 많은 편이었으나 유독 그의 영성에 관한 자료만 사라졌다. 그가 종교재판에 끌려다니다 병을 얻어 객사한 후 이단으로 단죄되어 강의 자료가 몰수돼 불태워졌기 때문이리라. 일찍이 그이는 생명의 근원과 우주의 원력에 눈을 떴고 동방의 노장철학에도 깊이 영향을 받았던 신비주의 수도승이었다. 철통 같은 유일신 중심 시대에 초월이며 내재이고 내재이며 초월인 범재신론(Panentheism)을 들고 나와 '부정의 길'을 예고한 죄목으로 재판에 끌려다녔다.

상범이, 한번은 골짝 깊은 숲 속의 수도원을 찾아갔다가 늙은 수사에게 붙들려 단단히 고역을 치르기도 했다. 봉쇄 수도원을 혼자 지키고 있던 원장수사는 수도원 문을 이대로 닫을 순 없다며 막무가내로 그를 붙잡고 늘어졌다. 늙은 원장은 가끔씩 혼잣말처럼 슬쩍슬쩍 말을 흘리기도 했다. "라틴어와 헬라어로 썬 금서들이 지하 궤짝에 잠자고 있는데."라며. 아직 한 번도 공개되지 않은 중세 신비주의 교서들이 들어 있는 석관이 따로 있다며 은근슬쩍 미끼를 던져보기도 했다. 그는 밤마다 열쇠 꾸러미를 주머니 속에 넣고 달랑거리며 상범의 애간장을 태웠다. 봉쇄 수도원으로 전해져온 탓에 장상(長上)에게만 비밀리에 열쇠가 전수되는 전통이 살아 있다고 했다. 수도자로 정식 입문을 하게 되면 지하 서고의 열쇠를 넘겨줄 수도 있다고…… 곰팡이와 먼지로 켜켜이 덮인 희귀본 고서들의 봉인(封印)을 함께 푸는 작업을 시작하자며 꼬드겼다. 당신 살아 있을 때 고어(古語) 번역을 마쳐야 한다며, 때론 절실한 눈빛을 보이기도 했다.

상범은 아침저녁으로 원장수사를 따라 성무일도를 바치며 수련기 아닌 수련기를 보냈다. 해가 떨어지기 전에 구운 감자 몇 알과 염소젖 한잔으로 저녁식사를 때우고 나면 밤은 너무나 길었다. 한겨울 불기운도 없는 침실에서 양말을 깁고 있는 원장의 모습은 그야말로 살아 있는 유령이었다. 벽에 걸려 있는 액자 속 트라피스트 수도승이 튀어나와 노동을 재현하고 있는 것만 같았다. 몇 켤레의 양말을 끼어 신고 잠자리에 드는 노인은 발냄새가 지독했다. 유목민의 장화 속처럼 고린내가 진동했다. 돋보기를 끼지 않고도 바늘귀를 꿰었고 구멍 난 양말을 섬세하게 기워냈다. 구십이 넘은 나이에도 장작을 패고 손빨래를 하며 청빈한 수도 생활을 이어갔다. 상범은 낙엽 지는 11월에 입성하여 혹독한 겨울을 수련기로 보내고 이듬해 3월 수도원을 나왔다. 얼굴이 반쪽 되어 알아보는 이가 드물 정도로 피골이 상접한 꼴이었다. 봄이 되면서 새벽 성무일도를 바치다 몇 번 쓰러지는 불상사가 일어나지 않았더라면 원장은 끝끝내 그를 놓아주지 않았을 것이다.

상범이 중세철학에 갇혀 박사학위 논문을 쓰고 나오니 세상은 몇 세기를 뛰어넘은 듯 문명의 지각변동이 일어났다. 도서관에 갇혀 있던 지식과 수도원 서고에서 잠자고 있던 문자들이 실시간 광속을 타고 국경 없이 날아다녔다. 그의 수많은 노트와 복사 자료는 한낱 불태워질 종이쪽지에 불과했다. 7백 년 동안 잠들어 있던 에크하르트의 영성을 깨워 한 권의 책으로 부활시켜놓고 보니 그의 머리카락은 이미 허옇게 서리가 내려 백수광부가 되었다.

갑오년(甲午年) 겨울, 해가 뉘엿뉘엿 질 무렵 희끗희끗한 머리카락을 날리며 베를린 지하철역을 찾아드는 상범의 배낭 안에는 허름한 침낭 하나가 들어 있었다.

특별한 소포

지금, 그는 하이델베르크 구시가지 우체국 앞에 서 있다. 방금 우체국에 들러 소포 하나를 부치고 나오는 길이다. 중년 여자의 눈길이 코트 자락에도 달라붙어 있는 듯 발을 구르며 탁탁 코트 자락을 털어냈다. 그가 데스크에 내민 물건을 접수하던 우체국 직원은 하마처럼 뚱뚱한 몸을 굼뜨게 움직였다. 바로 옆의 전자저울 위로 물품을 올려놓으면서도 하품을 두 번이나 늘어지게 했다. 여자는 책 외에는 무엇으로도 보이지 않는 물품을 들었다 놓으며 뻔한 질문을 했다. "전부, 책입니까?" 그의 대답이 총알처럼 튀어나왔다. "예, 그렇소이다." 아마도 쏟아지는 졸음 때문에 자기 신분을 잊을까 봐 '나는 우체국 직원임.' 하고 제 스스로에게 각인시키듯 침이 툭툭 튀는 발음이었다. 여자는 두껍고 짧은 목을 느리게 빼더니 수취인 주소를 확인했다. 그리고 펀치 도장을 들어 찍으려다 말고 그를 빤히 올려다본다. 5백 미터도 안 되는 하이델베르크대학 도서관을 옆에 두고 웬 소포냐고 묻고 싶은 심정인가 보다. 그는 여자와 눈을 마주치지 않고 서둘러 요금을 지불하고 우체국 문을 나왔다.

정년을 다섯 해 남겨둔 그는 올해 안식년을 맞았다. 안식년의 목표로 정한 제1차 미션을 달성하기 위해 서둘러 비행기에 올랐고 하이델베르크에 도착했다. 이곳을 떠난 지 16년 만이다. 박사과정 10년 동안을 이곳에서 보냈다. 무려 7년 동안 논문 자료만 찾던 그는 몸이 자주 아팠다. 깐깐한 유대인 교수에게 걸려 혹독한 시달림을 받아 스트레스성 두통이겠거니 하고 수시로 진통제만 복용하며 견뎠었다. 어느 날 기숙사에서 쓰러졌고 응급실로 실려간 그는 폐결핵임을 판정받았다. 늙은 학생이 종일토록 연구실에서 주임교수 뒷바라지를 하고 저녁 시간에는 도서관 아르바이트까지 하며 몸을 무리했던 탓이다. 조국에서 보내주던 국비 장학금은 끊긴 지 오래였다. 석사과정을 했던 대학은 독일 북부에 있었고 겨울이면 기숙사 방의 물에 살얼음이 질 정도였다. 겨울은 길었고 기침은 날로 더해갔다. 그래서 그는 박사과정을 남부에 있는 대학으로 선택해서 내려왔다.

1830년대의 프로이센 '선제후'에 관한 정확한 기록이 있는 서적은 유일하게 그 대학 도서관에 있었고 그것도 단 세 권밖에 없었다. 도서관 사정을 잘 아는 그가 어느 날 자기 가방에 슬쩍 책을 넣었다. 교수가 책을 빌려오라고 주문했을 때는 이미 대학 도서관엔 그 책이 없었다. 그는 이 책의 내용을 금쪽같이 혼자만 써먹었다. 북부에 있는 대학에서 이미 공부한 내용이라고 뻐기며 노트한 자료를 야금야금 내놓았다. 그 덕분에 깐깐한 교수는 한풀 콧대가 꺾였고, 그는 박사학위를 무사히 받을 수 있었다.

몇 해 전, 후배 교수 하나가 그의 서재에 놀러 왔다. 책꽂이 맨 위 칸에 꽂혀 있던 놈을 빼서 훑어보다가 "형! 도둑이구먼. 가장 악질적인 책 도둑놈. 대학 도서관 인장이 이렇게 뚜렷하게 찍혀 있는 놈이 왜! 여태껏 형 서재에 꽂혀 있을까?" 하고는 뒤통수를 갈겼다. 그렇지 않아도 놈은 그가 서재에 앉기만 하면 양심을 형편없이 쫄아들게 했고 내면을 온통 흔들어놓는 파놉티콘 같은 존재로 군림했다. 해마다 부활판공 때면 고해소에 들어가 책 도둑이었음을 숨죽여 고백했고 우울한 부활절을 보냈었다. '돌려보내야지, 저놈을 제자리로 보내야지.' 하면서도 어느덧 16년이란 세월이 흘렀다. 올해엔 결코 놓치지 말고 얼마간의 보상비라도 곁들여 내놓기로 결심하고 안식년의 제1차 목표로 세워 길을 떠났다.

하이델베르크 구시가지에 들어서면 화려한 스테인드글라스

의 성령교회가 우뚝 서 있고 촘촘하게 깔린 보도블록을 따라 걷다 보면 마르크트광장이 나타난다. 오래된 캠퍼스는 교문도 울타리도 없이 동네 골목들과 나란히 접해 있다. 광장 오른쪽 끝에 서 있는 건물이 중앙도서관이다. 르네상스와 바로크 양식이 결합되어 웅장함을 뽐내고 있는 건물은 밝은 톤의 벽돌로 외벽을 치장하고 있다. 담쟁이넝쿨이 휘감아 오르는 창문 옆에는 목백일홍이 서 있고 붉은색 꽃이 피어 은은하게 발하고 있었다. 그는 손잡이를 당겨 여닫는 수동식 문을 열고 도서관 라운지에 들어섰다. 실내 조명은 여전히 흐릿했다. 컴컴한 구석에서 수위 아저씨는 팔짱을 낀 채 졸고 있다. 금발의 곱슬머리 사서는 푸르스름한 형광등 불빛 아래서 도서목록을 뒤적이다가 흘깃 그를 돌아본다. 그는 햇빛 속을 걸어와 갑자기 실내에 들어온 탓이라고 생각하며 안경을 벗어들고 눈두덩을 꾹꾹 누르며 서 있다. 한데, 환시였던가? 병약해 보이는 검은 머리의 늙은 청년 하나가 고서적이 수북이 쌓인 책수레를 밀며 서고(書庫) 쪽으로 사라진다. 몹시 지친 몸으로, 쓰러질 것 같은 비틀걸음으로…… 오래된 기침을 콜록거리며 비열하고 음울한 낯빛으로 사라졌다.

그는 안경을 벗어 손에 쥔 채 후다닥 도서관 문을 뛰쳐나왔다. 그리고 넋 나간 사람처럼 광장 한가운데 한참을 우두커니 서 있다가 우체국으로 발길을 돌렸던 것이다.

산꼭대기에 있는 고성(古城)에서부터 내려온 한 줄기 건조한 바람이 그의 희끗희끗한 머리카락을 흔들고 지나간다.

별장지기 조씨

지금쯤이면 절정에 들었겠지!

Y회장은 이른 아침부터 외출 준비를 했다. 고어텍스 점퍼를 챙기고 실내에서 입을 카디건도 챙겼다. 올해는 예년보다 느리게 남하한다고 했으니, 지금쯤이면 북위 38도를 통과해서 운악산 밑에까지 내려왔겠지. 단풍 전선 예보를 꼼꼼히 챙기던 그는 비로소 길을 나섰다. 일흔이 넘도록 현역으로 활동했던 Y회장은 작년부터 경제활동을 접기 시작했다. 요즘엔 노년기를 보낼 별장 가꾸기에 푹 빠져 산다. 그의 정원엔 값나가는 관상수들이 주인의 안목을 대변하듯 기품 있는 자태로 서 있다. 별장은 서울에서 그리 멀지 않은 곳에 있었다. 풍수 조건이 완벽하게 갖춰진 곳에 일찌감치 터를 잡아놓고 오랜 기간 나무를 가꿔왔다. 시골 원주민들에게 욕먹지 않을 정도로 크지도 작지도 않은 한옥 별장을 지었다. 우뚝 솟은 암석 봉우리들을 병풍처럼 뒤로하고 세워진 목

조 건축물은 숲으로 둘러싸여 근사한 성채처럼 보였다. 수목원 버금가는 다양한 수종들로 생울타리를 장식했다. 하지만 Y회장은 거실에서 내다봤을 때 왼쪽으로 비스듬히 비켜 서 있는 나무 한 그루에 시선을 고정시켰다. 몇 해 전 그가 직접 심기도 했던 나무였다. 그녀가 떠나고 쓸쓸함을 견디지 못해 그녀 대신 심은 나무였다. 그녀의 발그레한 뺨처럼 가을이면 온통 인디언핑크빛으로 물드는 나무. 솜사탕처럼 달콤한 향기를 물씬 풍기며 파르르 떠는 이파리가 꼭 그녀의 첫 몸짓 같다고…… Y회장은 입속말로 읊조렸다. 그가 남몰래 후원하던 미대생이 있었다. 3년 동안 장학금을 지원했고 졸업 후에도 화실을 내주는 등 후원을 아끼지 않았다. 그런데 어느 날 그녀가 훌쩍 떠나갔다, 한마디 말도 없이 섬나라 아일랜드로 가버렸다.

그의 별장엔 명견 한 마리가 집을 지키고 있다. 10리 밖의 자동차 엔진 소리만 듣고도 주인의 자가용임을 단번에 알아채는 영물이다. '더블린'이라고 불리는 진돗갠데 그녀가 살고 있는 도시의 지명을 따서 이름을 붙였다. 더블린은 벌써부터 1킬로미터 밖 진입로까지 마중을 나와 꼬리를 치고 펄쩍펄쩍 뛰는데 별장지기 조씨는 기척도 없다. 그러고 보니 마당가의 나무들이 이상하다. 벌써 체로금풍(體露金風)에 든 나무들처럼 잎이 하나도 없었다. 바닥에도 낙엽 하나 구르지 않고 깨끗했다. Y회장이 기침 소리를 서너 번 내자 조립식 컨테이너에서 조씨가 몸을 질질 끌며 간신히 문을 열었다.

"어디! 몸이 많이 아픈가? 저런, 허리를 꼼짝 못 하는구먼. 몸이 그러면 진즉 연락을 하지 않고. 그렇게 미련을 떨고 있나, 사람참!"

Y회장은 그를 부축하여 병원에라도 데려갈 셈인가 보다.

"조금 참으면 나아질 것이구만요, 어제 그, 그…… 오래 묵은 그것을 좀 구해다 마셔났응께."

조씨는 얼굴을 들지 못하고 기어들어가는 목소리로 말끝을 얼버무렸다.

"무얼, 먹었다고?"

Y회장은 버럭 소리를 질러 그를 다그쳤다.

"그, 그것이 좀 말씀드리기 거시기헌디, 변수(便水)를 마셔났응께 이제 곧 낫겠지요. 옛날부터 갈빗대가 나가고 어혈이 들면 으르신들이 그것을 멕였던 기억이 있어……."

"변수라니? 이 사람 뭔 말을 하는 것인가?"

"회장님 앞인지라, 똥물이라고 하기가 좀 거시기혀서."

"그래서 그 똥물을 스스로 들이키셨다고……."

조씨는 민망해서 얼굴을 들지 못하겠다는 듯 땅바닥만 바라보고 있었다.

"그건 그렇고, 어쩌다 허리를 그리 다치게 되었노?"

"그저께 밤에 달이 하도 밝기에, 나무에 올라가서 낙엽을 털다가 그만 떨어져서 정신을 잠깐 잃었었쥬. 꼭대기 낭창낭창한 나뭇가지를 밟고 올라섰는데, 저 더블린이란 놈이 짖는 바람에 잠깐 한눈을 판 사이, 발을 헛디뎌 떨어지고 말았쥬……. 밤낮으로 빗자루를 들고 살아도 무시로 떨어지는 낙엽을 감당할 수가 없어 털어버리려고, 깨끗하게요."

조씨는 그제야 고개를 들어 Y회장 얼굴을 바라보았다.

"하! 그래서 계수나무 잎도 이리 중대가리를 만들어놓으셨구면. 내가 그 단풍을 보려고 지금 일부러 때맞춰 왔는데. 거참, 알 수 없는 변수스러운 인간이군!"

Y회장은 어처구니가 없다는 듯 입을 닫아버렸다. 조씨 말처럼 정원엔 낙엽 하나 없이 깨끗했다. 몸통을 적나라하게 드러낸 나무들이 떨고 있을 뿐. 계수나무 역시도 체로금풍에 든 나무처럼 앙상한 몸으로 깊은 묵상에 빠져 있는 듯했다.

국경 노인

사진작가 최는 십수 년째 아시아의 여러 나라 국경을 넘나들고 있다.

스콜이 한바탕 지나갔다. 한껏 달아올랐던 몬순 열기가 꺾이고 팔뚝에 오소소 소름이 돋을 정도로 기온이 내려갔다. 아직도 머리카락에선 물방울이 뚝뚝 떨어졌다. 최는 자단나무 숲길을 오르던 중 스콜을 만났고 물에 빠진 생쥐 꼴이 되었다. 그 와중에도 그는 배낭의 점퍼를 꺼내 카메라를 한 번 더 감싸고 빗물이 튈까 봐, 제 앞가슴에다 꺼안고는 전전긍긍했다.

수증기를 벗어낸 하늘은 거울처럼 투명했다. 주홍빛 노을이 서녘 하늘에 번지기 시작했다. 가끔 호랑이가 출몰한다는 안남산맥 줄기가 기세 좋게 뻗어 내려가 끝도 없이 펼쳐졌다. 최의 걸음이 빨라졌다. 날이 저물기 전에 노인의 움막이 있다는 곳에 도착하기로 가이드 청년과 약속을 했다. 저녁 시간에 대려고 오전부터 서둘렀는데 결국 스콜 때문에 한 시간가량이 늦어졌다. 빽빽한 자단나무 숲을 벗어나니 한 단 한 단 쌓아 올린 듯한 계단식 경작지가 눈에 들어왔다. 조로시도(鳥路鼠道)* 같은 희미한 길이 연결되었다. 온통 진초록 골짜기에 사람이 살고 있다는 흔적이었다. 어스름이 내리는 비탈길을 숨차게 올라서니 키 작은 차나무들이 움막 입구를 막아섰다.

마침, 움막에선 가늘게 연기가 피어오르고 있었다. 비를 맞았던 최의 몸이 사시나무 떨리듯 했다. 카메라를 들고 도저히 밖에서 지탱할 수가 없었다. 기침 소리를 서너 번 냈지만 안에서는 응답이 없었다. 가이드 청년이 거적문을 들치고 안으로 들어섰다. 화덕에 음식을 끓이고 있던 노인이 너무나 놀라 그 자리에 털썩 주저앉아버렸다. 크메르어를 구사하는 가이드가 먼저 담배 한 갑을 내밀었다. 그리고 화덕 가까이 접근하며 "이 외국인이 병이 나서 떨고 있는데, 불을 좀 쬘 수 있도록 도와주십시오." 하고 부탁했다. 그제야 노인은 몸을 가누며 천천히 일어섰다. 십년감수했다는 듯 손으로 가슴을 연신 쓸어내리면서……

|||||||||
* 　새나 쥐가 다니는 길.

지난달 캄보디아에서 만난 일본 친구 야스케는 라오스 국경 근처에서 원시인을 보았노라고 했다. 두 팔과 양손 그리고 손가락 열 개가 멀쩡한데 음식을 먹을 땐 손을 쓰지 않고 뒷짐을 진 채 짐승처럼 혀로 핥아서 먹더라는 것이다. 그는 오지 여행을 하다 보면 별별 인종을 다 목격한다며 대수롭지 않게 말했다. 정말 원시인지 벙어리였는지 통 말을 하지 않더라고, 고개를 갸우뚱하며 말을 건넸었다. 최는 곧바로 지도를 꺼내 그곳에 점을 찍었다. 그리고 베트남을 거쳐 라오스 국경 지대로 들어갔다. 국경에서 가까운 마을을 탐색하던 중 사흘 만에 그에 대한 정보를 얻었다. 그 기인이 가끔 마을로 내려와 라디오 배터리와 기름을 사 간다고 가게 주인이 말했다. 국경 마을 사람들은 그가 외국인이라고 했다. 크메르어 비슷한 말을 혼자 중얼거리더라고.

산속의 밤은 성큼 찾아들었다. 벌써 천지가 어둠으로 꽉 찼다. 별빛 한 점 없이 하늘이 먹빛으로 내려앉았다. 노인은 이따금씩 나뭇가지를 꺾어 넣어 화덕의 불씨를 살려갔다. 최는 배낭에서 술병을 꺼냈다. 전갈이 든 45도가 넘는 술, '라오라오'라는 라오스의 전통주였다. 등산용 컵에 술을 따라 노인에게 먼저 권했다. 노인은 고개를 절레절레 흔들며 거부했다. 아까 가이드가 내밀었던 담배는 공손히 받아두었으면서. 가이드 청년이 장난기가 발동했는지 한번 맛만 보라며 컵을 들고 노인의 입술에 대주었다. 노인은 마지못해 한 모금을 마셨다.

바람 소리 하나 없이 움막의 밤이 고요히 깊어갔다. 결국 청년의 수단에 노인이 넘어갔고 술 한 병이 거뜬히 비워졌다. 취기를 빌렸는지 노인의 입이 조금씩 열리기 시작했다. 더듬더듬 크메르어로 말을 이어갔다.

"나의 손은 밥 먹을 자격이 없는 손입니다. 이 손으로 수만 개의 지뢰를 만들었고, 새로운 발명품을 만들기 위해 밤을 새웠었지요. 내 손을 거쳐간 지뢰들은 한 치의 오차도 없이 살상률 백 퍼센트를 발휘하고도 남을 정도였으니까요. 다른 나라 군수물자 업자들도 연구용으로 구입해갈 정도였으니까요. 장난감을 가지고 놀듯 손재주의 마술에 걸려들었던 게지요. 내가 발명해낸 제품만 수백 종이 넘었으니……. 나는 매일 라디오로 캄보디아의 뉴스를 듣습니다. 오늘은 지뢰 폭발로 인한 인명 피해가 몇 명이나 발생했는지? 그것만이 내 생의 관심사예요." 노인은 술이 더 마시고 싶은지 입술을 빨았다.

이튿날 아침 까루 노인은 제(祭)를 올리듯 무릎을 꿇더니 두 손을 허리 뒤로 모은 뒤에 금속성 링을 자기 손목에 걸었다. 그리고 접시에 담긴 밥을 천천히 혀로 핥기 시작했다. 하지만 노인은 끝내 카메라를 허락하지 않았다. 카메라 렌즈 뚜껑도 열어보지 못한 최는 산을 내려오고 말았다. 노인이 건네준 흑단나무 목가 인형을 가슴에 안고서……. 늙은 남자의 모습인 목각 인형엔 아예 입조차 없었다.

랍샤의 유랑

지금, 랍샤에게는 헐렁한 똡슈르* 가방조차 버거웠다. 한 발짝 떼놓기가 천근이나 되는 듯 발걸음이 무거웠다. 꼬박 사흘을 걸었으나 사람은커녕 집 한 채 볼 수 없는 백색지대였다. 이따금, 위협적으로 날개를 펼쳐 랍샤의 머리 위로 선회하는 독수리만이 유일하게 움직이는 물체였다. 오늘 해가 떨어지기 전에 인가를 찾아 들지 못하면 그는 꼼짝없이 독수리밥이 되고 말 테다. 알타이의 백색 준령이 주홍빛 노을을 받아 서서히 황금색으로 물들고 있다.

사흘 전, 랍샤는 갈탄을 실은 트럭을 얻어 타고 이 근방까지 왔

||||||||
*   똡슈르 : 알타이의 전통 현악기.

다. 옹구다이로 가는 갈림길에서 내렸을 때까지만 해도 눈에 익은 지형이었다. 그곳에서 동남쪽 방향으로 12킬로미터를 내려가면 큰 돌무덤 두 개가 나란히 있을 테고, 거기서 30여 분 거리에 침엽수림으로 둘러싸인 조그만 호수가 있을 것이다. 호수 주변엔 30여 호의 목조 주택이 띄엄띄엄 자리하고 있으며. 유목 생활을 접고 목축과 사냥을 겸하며 살아가는 알타이족이 세운 마을이다. 그런데 그날 해 질 무렵 거대한 눈폭풍이 일었다. 무시무시한 소용돌이가 백색 기둥을 만들며 설원을 휩쓸더니 하늘로 솟구쳤다. 랍샤는 눈보라를 피해 바위 밑에 쭈그려 앉아 담배 한 대를 피웠는데 정신이 몽롱했다. 몸이 기우뚱하는 순간 뒤쪽에서 여우 한 마리가 잽싸게 굴 밖으로 튀어나갔다. 잠시 눈을 감았다가 고개를 들어보니 지표가 되었던 돌무덤이 사라졌고 나무 한 그루 보이지 않는 백색 평원만 눈앞에 펼쳐졌다. 그리하여 사흘 동안이나 꼬박 헤맸건만 여태까지 그 돌무덤조차 찾지 못한 상태다. 무엇에 홀린 듯 같은 곳을 뱅뱅 돌고 있는 현상이었다. 저 너머에 호수가 있겠지 하고 가보면, 어제 그가 지나가다 누었던 똥무더기만 그대로 있고, 발부리에 차였던 순록의 뿔이 있던 장소를 다시 걷고 있었다. 예년 같았으면 알타이의 눈은 3월부터 녹기 시작해서 지금쯤은 군데군데 검은 땅이 보일 시기였지만 올해는 유난히 겨울이 길어 4월 중순을 넘기고도 무릎까지 쌓여 있었다.

온통 흰빛밖에 들어오지 않던 시야에 건너편 언덕에서 가늘게 연기가 피어올랐다. 3일 만에 처음으로 색깔 있는 것이 눈에 띄었다. 랍샤는 있는 힘을 다해 그곳을 향해 걸었다. 연기가 사라지고 어둠이 내리면 또 무작정 광야에서 밤을 보내야 할 터이니. 이젠 추위보다 배고픔 때문에 더 이상 견딜 수가 없었다.

랍샤는 3일 만에 처음 입을 열어 소리를 질렀다. "거기 누구 계십니까? 저 좀 도와주세요!" 하고 외쳤으나 돌아오는 대답은 바람뿐이었다. 어쩌면 그의 외침은 무의식에서 흘러간 내상이었을지도 모른다. 어둠이 내리자 연기 나던 곳에서 불빛이 새나왔다. 천신만고 끝에 불빛을 찾아 들어가보니 의외로 견고해 보이는 벽돌집이었다. 지붕엔 한 길이나 되는 눈이 위태롭게 쌓여 있고 안이 들여다보이는 조그만 창이 있었다. 그런데 왜 이제야 눈에 띄었던 걸까. 3일 동안이나 그토록 헤맸건만.

불 켜진 유리문 너머엔 두건을 두른 여인이 뜨개질을 하고 있었다. 그 옆에는 사내아이가 곤한 잠에 빠져 있고. 랍샤는 염치불고하고 문을 두드렸다. 조금 있다 여닫이 창문을 들어 올린 여인이 밖을 내다보았다. 그의 어깨에 멘 똡슈르 케이스를 보고 카이치*란 것을 금방 알아차린 듯 경계심 없이 문을 열어주었다. 그리

||||||||
*   카이치 : 알타이 유랑가수

고 양젖을 따뜻하게 데워 마른 빵과 함께 내놓았다. 랍샤는 너무
나 지쳐 양젖 한 잔을 마시자마자 쓰러지고 말았다. 얼마의 시간
이 흘렀을까? 그리고 얼마나 잤을까? 짐승 울음소리에 눈을 떴
다. 손목시계를 보니 새벽 3시였다. 그때까지 여인이 등불 아래서
뜨개질을 하고 있었다. 랍샤는 미안해서 몸 둘 바를 몰랐다. 누운
채로 눈을 가늘게 뜨고 그녀의 얼굴을 올려다보았다. 어디선가 본
듯한 모습이었다. 이름을 물었더니 '에르께메'라 하였다. 당신은
사흘 만에 처음 눈을 뜬 것이라고, 그녀가 작은 목소리로 전했다.

7, 8년 전이었던가. 랍샤는 이 근동을 지나다 하룻밤 몸을 풀
었던 적이 있었다. 평생 유랑 생활을 해야 하는 카이치들은 독신
으로 사는 것이 불문율처럼 내려왔고 그 역시도 독신이었다. 그
런데 그날 잠자리를 내준 소녀의 아비가 노골적으로 돈을 요구하
면서 그의 방에 그녀를 밀어 넣었다. 아직 몸도 여물지 않은 소녀
를. 그 수줍음 많던 소녀가? 랍샤는 가방의 지퍼를 열어 똡슈르를
꺼냈다. 생명을 살려준 은혜의 보답으로 여인에게 세상에서 가
장 아름다운 후메이* 한 곡을 바칠 셈이었다. 그런데 똡슈르의 두
현이 모두 끊겨 있었다. 하기야 성한 것이 비정상일 것이다. 사흘

||||||||
*   후메이 : 알타이 민요

동안 수없이 눈밭에서 고꾸라지고 구덩이로 굴러떨어졌으니 온전할 리가 없다. 랍샤는 몹시 겸연쩍어 잠든 사내아이에게로 얼굴을 돌렸다. 근데 이게 웬일인가! 일곱 살 무렵, 마을에 왔던 카이치를 따라가겠다고 나섰을 때의 자기 모습이 아니던가? 랍샤는 아이의 이마에 흐트러진 머리카락을 손가락으로 쓸어 올리며 쓰다듬었다. 곤한 잠에 빠졌던 아이가 몸을 뒤채더니 눈을 비비며 부스스 일어났다. 줄 끊어진 똡슈르를 들고 멋쩍게 앉아 있던 그를 물끄러미 바라보았다. 아이는 길게 하품을 하고 나서 흐음 흐흠 하고 목청을 가다듬더니 알타이 민요 한 곡을 구성지게 뽑았다. 잣나무처럼 단단하고 투박한 음색으로. 아이의 눈빛 속에는 당찬 기운이 들어 있었다. 일곱 살배기 사내아이가 늙은 카이치의 손목을 잡고 앞장섰던 그 모습처럼. 어쩌면 그렇게, 코밑이 짓물러 허옇게 두 줄이 난 것까지도 빼박은 듯이……

불목하니

어제 새벽부터 지폈던 다비식 불꽃 위로 세찬 눈발이 곤두박질 쳤다. 흰나비 떼가 몰려와 자살 테러라도 하는 것처럼 3월의 눈송이는 슬픈 몸짓으로 명멸했다. 지옥의 뱀처럼 긴 혀를 날름거리던 성난 불꽃도 차츰 잦아들었다. 봄 점퍼를 입은 병찬은 몸을 잔뜩 웅크린 채 연화대 주위를 맴돌고 있다. 사흘 밤낮을 한데서 보낸 터라 몸이 말이 아니었다. 산속은 아직 겨울이었다. 뼛속까지 파고드는 냉기에 얼마나 떨었던지 어깨와 허리가 결려 제대로 걸을 수조차 없었다. 두꺼운 파카를 입은 언론사 카메라 기자들 역시 낯빛이 모두 푸르딩딩한 애가짓빛이었다. 며칠씩 머리를 감지 못한 사내들 어깨 위로 싸락눈 같은 비듬이 허옇게 쌓여갔다. 그래도 습골(拾骨)하는 것까지는 지켜보고 내려가야 할 텐데, 라며 병찬은 이를 악물었다.

마감 관계로 사무실에서 꼬박 밤을 새운 날 정오쯤에 병찬은 전화를 받았다. 진묵스님이 위급하다는 소식을. 그는 옷도 갈아 입지 못한 채 카메라와 녹음기만 챙겨 들고 서해안고속도로로 차를 놀았다. 김제평야를 가로질러 변산반도에 접어드니 산과 바다가 붉은 노을에 취해 출렁거렸다. 2차선 지방도로 자드락에 차를 세워두고 가파른 능선을 급히 올라챘다. 어둠이 내리면 한 발짝도 뗄 수 없을 정도로 빽빽한 숲길이었다. 땀을 비 오듯 쏟으며 병찬이 도착했을 때, 그는 이미 한 시간 전에 입적한 후였다. 세수 여든일곱, 법랍 75세로 한 비구의 생(生)이 마감된 후였다.

20여 년 전, 아무리 수소문해도 진묵의 행방을 아는 사람이 없었다. 병찬은 그를 혼자 찾아 나섰다. 진묵이 한창 공부에 정진할 무렵 3년 동안 잠자지 않고 좌선에 들었다던 변산의 암벽 끝에 있는 난간 석굴을. 그는 그곳에 있었다, 불목하니 하나를 데리고. 병이 깊어 겨우 숨만 할딱거리며 동공이 풀려 있는 상태였다. 병찬은 그를 업고 내려와 병원에 입원을 시켰고 그때부터 인연이 남달랐다.

연화대의 잉걸불이 사그라지려면 다소 시간이 필요했다. 병찬은 석굴을 한 번 다녀오기로 마음먹고 길을 나섰다. 조로서도(鳥路鼠道) 같은 비탈길에서 장작을 한 짐 짊어진 늙은이가 조심스

럽게 내려오고 있었다. '다비식도 다 끝나가는데 웬 나뭇짐이람?'
하며 옆으로 비켜서려는데 그가 먼저 병찬을 알아보았다. "아니,
다반(茶盤)출판사 조 선생 아니신감요. 맞지요! 그렇지 않아도 뵈
려고 했는디 잘돼얏구만이라우." 그는 점퍼의 지퍼를 열더니 가
슴팍에서 누런 봉투 하나를 꺼냈다. "이걸 조 선생에게 드리라고
나한테 일렀지요. 시자스님에게도 말하지 말고 몰래 드리라고.
뭣이 적혔는지는지도 모르지라오. 그래도 그 인간에게 이런 의리
가 있었다니……."

연화대에서 멀찍이 떨어져 습골하는 것을 지켜보던 불목하니
는 혼잣말로 중얼거렸다.

"살아생전 지 신상을 얼마나 볶아쳐댔으면 그렇게 태우고도 모
자라 응어리가 맺혔을까잉. 쯧쯧. 티끌 하나 없이 재로 돌아가야
깨깟하건만. 어두운 사리탑에 갇혀 또 얼매나 많은 세월을 씻어
야 할꼬? 에이고! 불쌍한 영혼……."

어젯밤부터 담배가 떨어진 병찬은 몹시 끽연이 간절했다. 불
목하니에게 청자 한 대를 얻어 피우며 모과나무 밑에 나란히 앉
았다. 내가 그 인간에게 난닝구 한 장 얻어 입었으면 평생 소원이
없을 꺼구먼. 60년이 넘게 나무를 해다 제 방에 불을 때주고 빨래
를 해줬건만 입성 하나 안 냉겨놓고, 암껏도 읆이 갔어. 늙은이는
혼자 중얼거리며 갈라진 손등을 비비며 일어섰다. 그러고는 빈

지게를 지고 왔던 길을 되짚어 올라갔다.

　다비식이 끝나고 산길을 내려오던 병찬은 필름을 꺼내 낭떠러지로 내던져버렸다. 아무래도 주인공이 뒤바뀐 잘못 찍은 영화 같은 느낌이 들었다. 빈 지게를 지고 산길을 타박타박 걸어가던 불목하니의 꾸부러진 등이 자꾸만 눈앞에 아른거렸다. 나비처럼 가볍게 가던 그의 뒷모습이.

퓌센에서

그녀는 뮌헨에서 늦은 점심을 먹고 출발했다. 버스로 두어 시간 달려 퓌센으로 가는 길에 엄청난 폭설이 내렸다. 동유럽의 해는 반토막 난 것처럼 짧은 3월이었다. 알프스 산맥 끝자락에 딸린 작은 남부 도시 퓌센. 노이슈반슈타인성을 찾아가는 길이었다. 백조의 성으로 더 잘 알려진, 영화 〈황태자의 첫사랑〉에서 하이델베르크로 유학을 떠나는 황태자 카를 하인리히가 마차를 타고 나왔던 성이기도 하다.

그녀가 퓌센에 도착했을 때는 해가 많이 기울었다. 그리 높지 않은 산 정상에 우뚝 솟은 하얀 대리석 성은 그야말로 백색의 동화 속에 갇혀 있었다. 빽빽한 삼나무 숲 사이로 성까지 오르는 길은 마찻길이었다. 날씨가 좋았더라면 걸을 만한 거리였으나 오늘은 유일한 교통수단인 쌍두마차를 타고 오르기로 했다. 한 치 앞도 볼 수 없이 함박눈이 계속 일직선으로 퍼부었다. 열두 명이 한 팀이 되어야 하는 마차에 그녀는 열세 번째인 남자의 팔을 선뜻 끌어올려주며 손님들에게 양해를 구한다는 듯이 씨익 웃는다. 열이틀째 계속되는 동유럽 패키지 여행에서 줄곧 자신을 좇고 있는 남자의 시선이 부담스러웠나 보다.

유럽 여행지에서는 주로 노인들을 많이 만나게 되는데 이곳도 여지없이 각국에서 온 노인들 틈에 끼이게 되었다. 노인들은 인자하고 넉넉한 미소를 지으며 자리를 조금씩 좁혀 남자에게 틈을 내주었다. 산중턱쯤에 다다랐을 때 경사가 가팔라지는 모퉁이에서 갑자기 말이 멈춰서더니 두어 번 제자리걸음을 친다. 그녀는 순간 '아! 내려야 하는구나, 정원 초과로 말 못 하는 짐승에게 너무 가혹한 행위였구나.' 하며 남자의 손을 끌며 내려설 준비를 하는데 갑자기 '퍽' 하는 소리와 함께 검은 말의 항문이 열렸다. 모카빵만 한 똥덩어리들이 퍽 두두두둑 쏟아져 내렸다. 와! 라이브한 냄새. 그렇지 않아도 축축해진 말 덕석에서 피어나는 털짐승 특유의 노린내 때문에 토할 것 같은 기분을 겨우 참아내고 있는데 생생하게 보여주기까지 하며 가스를 뿜어대다니. 검은 말은 한 세숫대야쯤의 용량을 가볍게 쏟아내고는 궁둥이와 꼬리를 한번 실룩 흔들더니 다시 걸음을 옮겼다. 그래도 이쯤이면 어딘가, 이 폭설에 걸어 올라가야 할 판이었는데……, 깊이 전전 꼬불고

불하고 가파른 것을 보니 정상이 멀지 않았나 보다. 그런데 이번엔 짝꿍인 흰 말이 걸음을 멈추었다. 이놈도 예의 그 제자리걸음을 또 서너 번 쳤다. 말들의 제자리걸음은 여지없이 볼일을 보겠다는 신호였다. 초식동물들의 배설은 놀랄 정도로 신속하고 쾌속하게 이루어졌다.

성문이 닫히기 전에 가까스로 들어가 정신없이 둘러보고 나왔는데 이미 하산행의 마차가 끊긴 상태였다. 사람들이 길게 줄을 서서 목을 빼고 기다렸지만 올라오는 마차는 그림자도 보이지 않았다. 노인들이 눈길에 퍽퍽 쓰러졌다. 잔뜩 습기를 품은 3월의 폭설에 어느 누구든 속수무책이었다. 버스가 기다리고 있는 광장 주차장에 도착했을 때야 그녀는 어깨가 허전하다는 것을 느꼈다. 아뿔사! 디지털 카메라와 여권이 들어 있는 키플링 크로스백을 기념품 가게에다 놓고 온 것이다. 세찬 눈발은 좀처럼 그칠 기미가 보이지 않는데 벌써 사위엔 어둠이 내리기 시작했다. 눈앞이 캄캄했다. 한 시간은 족히 올라가야 할 것이고 또 이 눈길에 어떻게 내려온단 말인가. 그녀는 털썩 주저앉고 싶은 심정이었다. 그때 남자가 여자의 손을 홱 낚아채더니 아무 말 없이 그녀를 끌고 내려온 길을 되짚어 올라갔다.

그날 밤 그녀는 남자에게 뮈센 최고의 바이스 비어(weiss beer)

를 샀다. 일행들은 이미 하이델베르크로 떠났고 둘만 떨어진 밤이었다. 마을 전체가 중세 모습을 고스란히 지닌 성곽 안의 마을이었다. 퓌센의 독한 맥주에 그녀의 얼어붙었던 몸이 시나브로 무너졌다. 500cc 두 잔을 다 비우기도 전에 테이블에 코를 박고 잠이 들었다. 남자는 늘어진 여자 몸을 들쳐 업고 마을 끝에 있는 2층짜리 막시무스 성을 찾아간다. 소금 짐을 잔뜩 진 낙타처럼 휘청거리는 다리로 눈길을 터벅터벅 걸었다. 그녀는 이번 여행 중에 처음으로 깊은 잠을 잤다.

인천공항 활주로엔 여객기 동체들이 짙은 안개에 덮여 연못에서 헤엄을 치는 물고기처럼 등의 실루엣만 살짝살짝 드러내고 있었다. 남자는 여자의 배낭과 가방을 들고 무빙워크를 따라 걸으며 수첩을 만지작거린다. 그래도 입국 심사대 통과까지는 아직 시간이 남았다고…….

양쪽 어깨에 두 개의 배낭을 멘 남자가 입국장 여자 화장실 앞에서 초조하게 기다리고 있다. 그녀가 비누 냄새를 풍기며 티슈로 손등을 닦으며 나왔다. 남자의 두툼한 입술이 가늘게 떨렸다. 그리고 불분명한 발음들이 띄엄띄엄 입술 밖으로 튀어나왔다.

"저기, 이, 이메일이나 전화번호……."

앞서 걷던 여자가 걸음을 딱 멈추더니 정색을 하고 남자의 얼굴을 빤히 꼬나본다.

"저는요, 인천공항에 내리는 순간, 여행지에서의 인물들은 깡그리 지우고 풍경만 남겨요." 짧게 한마디를 던진 그녀가 뒤도 돌아보지 않고 유유히 검색대를 빠져나갔다.

베르쿠치 카잔

길고 긴 밤이었다. 카잔의 기침 소리만큼이나 바람 소리 또한 밤새 그치지 않았다. 텐샨(天山)의 겨울바람은 땅속의 동검이라도 꺼내 부러뜨릴 기세로 쇳소리를 내며 설원을 휩쓸었다. 카잔의 청력은 지나가는 바람 소리만 듣고도 다음 날의 시계(視界)와 적설량까지를 예측해낼 정도로 신묘했다. 거대한 만년설이 북풍을 타고 조금씩 능선을 옮겨가는 겨울의 정점이었다. 하늘엔 정월 열나흘 달이 돌멩이라도 던지면 쨍그랑 하고 깨질 것처럼 투명하게 빛나는 밤이었다. 카잔의 기침 소리가 예사롭지 않았다. 이번 겨울이 마지막 여우사냥이 될 것이라는 예감을 불러왔다. 그는 쇠잔한 몸을 이끌고 밤늦도록 낡은 엽총을 손질했고 사냥 도구를 챙기며 독수리에게 줄 특식도 마련하여 가죽부대에 담았다.

카잔이 젊은 날부터 베르쿠치*로 살아온 것은 아니었다. 그는 마흔이 넘도록 노총각 신세를 면치 못하고 양떼를 몰던 차반이었다. 계절마다 초지를 찾아 떠도는 그에게 도무지 여자 만날 기회가 없었다. 유난히 별빛이 총총했던 어느 가을밤 그는 '깊은 어둠'을 체험하고 그날로 천막을 걷어 마을로 돌아왔다. 그리고 입을 굳게 다문 채 베르쿠치 훈련에 들어갔다. 그는 이미 여우가 다니는 길목을 훤히 꿰고 있던 터라 사냥 훈련에 남다른 재능을 보였다. 스승으로부터 수제자란 소리를 듣게 되었다. 그의 스승은 전설적인 카자흐의 독수리 사냥꾼이었다. 그는 말 한 필과 독수리 한 마리로 마을 전체를 먹여살렸고 이웃 마을에까지 겨울 양식을 보냈다. 샤르코테 사람들은 그를 최고의 남자로 꼽았다. 일흔이 넘은 나이에도 후처 자리를 놓고 처녀들이 줄을 설 정도였다. 카잔 역시 사냥 솜씨가 알려지자 참한 색싯감이 생겼다. 늦은 결혼이었지만 예쁜 색시를 얻었고 제자도 여럿 길러냈다.

야생 독수리를 처음 손등에 얹고 벌벌 떨었던 기억이 엊그제 같은데 벌써 40년이 흘렀다. 이제 카잔의 나이도 그때의 스승 나이를 훌쩍 넘어섰다. 재작년부터 기력이 급격히 떨어지고 한쪽

||||||||
* 독수리를 이용하여 여우사냥을 하는 사람.

눈도 보이지 않는다. 43년을 함께해온 독수리 이반 역시 발톱이 두 개나 빠져 사냥감을 자주 놓쳤다. 날갯죽지 힘도 예전만 못해 게으름뱅이가 되어갔다. 이번 겨울을 마지막으로 여우사냥을 끝내기로 카잔은 다심했다. 백여 마리 남은 양과 염소를 사촌 바가샤르에게 넘기고 말 한 필과 독수리 이반만 데리고 집을 떠나기로 결심했다. 언젠가 어둠 깊은 곳에서 만났던 초인을 찾아 톈산 골짜기로 들어가기로 했다. 오늘은 마지막 수업으로 어린 베르쿠치 훈련생에게 '처녀여우 사냥법'을 전수하고 떠날 참이었다.

겨울해는 사슴 꼬리보다 짧았다. 한낮을 비낀 햇살은 빠르게 순백의 지평선을 달렸다. 헌데 이상한 일이다. 서쪽 하늘이 붉게 물들 때까지 여우는 그만두고 토끼 한 마리도 얼씬거리지 않는다. 베르쿠치 40년 동안 이렇게 빈손으로 공치는 날은 드문 현상이었다. 그때 땅거미를 가르며 저쪽에서 갈색 줄무늬가 선명한 짐승이 어슬렁어슬렁 다가오고 있는 게 아닌가. 낭창낭창한 등줄기를 좌우로 흔들면서…… 카잔은 뒷걸음질치는 말 잔등을 후려치며 줄무늬 짐승 앞으로 거침없이 나아가려 했다. 그런데 앗! 이게 웬 배신이란 말인가, 줄무늬 짐승은 콧김 한 번 뿜지 않고 이빨도 드러내지 않고 기척도 없이 그의 옆을 조용히 지나쳐갔다. 바짝 긴장했던 카잔이 오히려 무색할 정도로 무심한 걸음새였다. 형편없이 쭈그러진 뱃구레를 출렁거리며, 말을 탄 그를 피해가듯

옆길로 돌아서 갔다. 잔등의 털이 듬성듬성 빠져 줄무늬마저 흐릿해진 몰골로. 카잔이 물건의 뒤태를 오래도록 바라보다 혼잣말로 중얼거렸다. 생(生)의 말로가 저런 것이군, 내 앞에서 초인의 모습으로 선행을 보여주는…….

침낭 속의 남자

사내는 스물일곱 푸른 나이에 집을 떠나 마흔두 살이 되어서야 돌아왔습니다. 돌아온 사내의 가방엔 달랑 학위 한 장과 인내가 지독하게 풍기는 침낭 하나가 들어 있었습니다. 돌아온 사내는 학위를 들고 의기양양하게 모교를 찾아갔습니다. 하지만 철통 같던 철학과는 문이 닫혔고 옛 스승은 이름도 긴 어떤 이종 학과에 명예교수로 얹혀 계셨습니다. 손가락을 다 꼽고도 모자랄 정도로 여러 대학을 훑고 다녔지만 새로운 철통이 자리를 차지했고 그 주인들이 바뀐 지 오래된 듯했습니다. 사내는 학위를 책상 서랍에 깊숙이 모셔두고 큰 가방을 들고 나섰습니다. 대전 청주 조치원 원주로 뺑뺑 돌다 주말이 되어서야 서울을 찍는 보따리 장수를 시작했습니다.

한편, 여자는 혼자 떠나 사내가 야속해 어금니를 깨물고 소리도록 울었습니다. 수많은 밤, 시나리오를 쓰며 어둠을 삼켰지요. 남자가 돌아왔다, 금의환향, 남자 곁에 라틴계 여자가 있을 수도 있다, 아니 영영 안 올지도 모른다. 그러다 극도로 독이 뻗치는 날이면 남자를 무거운 석관에 집어넣고 열쇠를 채워 우주 밖으로 내던지기도 했고 지독한 우울증에 걸리게 해서 북해로 흘러드는 라인강에 빠뜨리기도 했습니다. 하룻밤에도 각색은 수없이 바뀌고 재구성되어 제법 탄탄한 구조물이 서게 되었습니다. 쏠쏠한 재미에 빠져든 여자가 본격적으로 시나리오를 써보기로 마음먹었습니다. 처음엔 이를 악물고 썼지만 어느덧 힘이 붙은 서사는 거미 똥구멍의 탁월한 기능처럼 술술 풀려나왔습니다. 여자는 거액의 상금을 타게 되었고 스타 작가로 떠올랐습니다. 독자들은 2탄 3탄을 내놓으라며 아우성쳤고 여자의 인기는 날로 치솟아 방송국 영화사 학교 등에서 서로 모셔가겠다고 난리들을 쳤습니다. 한 번 극치를 맛본 사람은 정점이 어딘지를 아는 법입니다. 여자는 전업작가로 남겠다고 완곡하게 거절했고 자취를 감춰버렸습니다. 그러다 최상의 몸값을 감지한 시점에서 마지못해 수락하는 것처럼 전임 자리를 따내고서야 콧노래를 부르며 어느 사립대학으로 갔습니다.

사내는 여자의 대학에서 서양철학을 가르치다 지난 학기에 짤렸습니다. 사내의 강의실엔 학생들이 점점 줄어들더니 종강 때는 덩그러니 사내 혼자 남게 되었습니다. 이미 말더듬이가 심해져 입속에서만 혼자 우물거리는 소리 없는 강의가 한 학기 동안 진행되었던 것이지요. 당신 머릿속으로 삼켜버린 책들이 도대체 얼마나 되오? 도서관 하나를 짓고도 남을 양을 폭식했으면서. 머릿속에 유령 도서관이라도 지어놓고 즐기시나? 남들은 세 권을 먹고도 백 권을 토해내는 세상인데. 제발! 껌이라도 씹어 악관절을 움직이는 노력을 해봐요. 침낭 속에 들어가서 자는 것까지는 봐주겠는데……. 여자가 숨도 쉬지 않고 따다따다 뿌려놓은 말들이 서릿발처럼 무성하게 자라나는 밤입니다. 슬리핑백 속에 몸을 담은 남자는 북부 독일의 살인적 냉기를 떠올리며 십삼야월(十三夜月)을 앓고 있습니다. 벌써 다섯 시간째 남자는 자일리톨 껌을 질겅질겅 씹으며 악관절 운동을 하며 잠을 청해보지만 잠은 이미 저만치 달아났습니다. 남자의 움푹한 눈에 가득 고인 눈물이 길게 뿌리를 내리는 밤입니다, 자작나무 숲길로…….

2

술의 시간

동경월야(東京月夜)

청동 좌경 앞에 앉은 그녀는 아까부터 구슬을 닦고 있다. 보드라운 명주 수건으로 유리 구슬을 한 알 한 알 돌려가며 정성스레 닦는다. 반투명체의 푸른 구슬이 그녀의 희디흰 손가락 끝에서 더욱 빛을 발해갔다. 사흘 전에 아라비아 상인에게서 구입한 목걸이다. 서라벌 여인들은 첨단 장신구를 누가 먼저 착용하느냐를 두고 치열한 경쟁을 벌였다. 성골 진골의 여인들뿐만 아니라 여염집 아낙들도 멋내기에는 조금도 뒤처지지 않았다. 인도나 아라비아에서 새로 나온 장신구들이 6개월 안팎이면 신라 여인들에게 전해질 정도로 동경(東京)은 국제적 도시였다.

안압지 앞 삼거리엔 외국인들이 빈번히 드나드는 주막이 있다. 그 집 주모 월향(月香)은 아라비아 상인이 도착했다는 귀띔을 그녀에게 제일 먼저 전해주었다. 그녀는 서둘러 주막에 도착했디.

긴 곱슬 수염에다 두툼한 터번을 쓴 사내는 양가죽 포대에서 최신 유행의 장신구와 향료 등을 쏟아놓았다. 그녀가 잽싸게 골라 든 목걸이를 두고 뒤늦게 도착한 여자들이 자꾸만 탐을 냈다. 짙은 눈썹에 쌍꺼풀진 눈이 우물처럼 깊어 그림자가 살짝 드리운 듯한 사내는 그녀에게 목걸이를 걸어주려 엉겁결에 목덜미에 손을 댔다가 움찔하고 놀라는 바람에 목걸이를 떨어뜨리고 말았다. 사내의 손끝이 귓불을 스치는 순간 번개 맞은 것처럼 전율이 흘렀다. 사내 역시도 몸을 부르르 떨었다.

해가 떨어지자, 그녀는 물을 준 화분을 안방 창가로 옮겨놓는다. 역관 부씨가 부남국*을 다녀오며 가지고 왔을 때는 어린 묘목이었으나 이젠 제법 꽃을 피우는 야래향(夜來香) 식재분이다. 한낮에 양기를 흠뻑 빨아들였다가 밤에만 향기를 내뿜어 먼 데의 사람들까지도 홀려 들인다는 야릇한 속설을 지닌 열대 식물이다. 남방국 홍등가에서는 붉은 등불과 함께 이 꽃나무를 주막 창가에 걸어놓는다고 한다. 그러면 지나가던 남정네들이 향기에 끌려 저도 모르게 그곳으로 발길을 돌린다고. 한낮 땡볕은 강렬했지만 저녁 바람은 제법 서늘하다. 그러고 보니 백로가 지난 지가 벌써

||||||||
* 캄보디아.

여러 날 되었다. 이슬은 촉촉이 내리고 밤은 점점 깊어가는데 오래전에 퇴청했을 룡(龍)은 집으로 오는 길을 잃었나 보다. 부산스럽게 골목을 오가던 발짝 소리도 이제 뜸해졌다. 휘영청 밝은 달빛만이 조신하게 누워 있는 그녀의 몸으로 쏟아져 내렸다. 그녀의 흰 목덜미에 걸린 구슬이 어둠 속에서도 푸르게 빛났다.

남산골 유곽을 찾아가던 이방인은 길을 잃었는지 초저녁부터 골목에서 맴돌았다. 빼곡히 늘어선 기와집들 사이로 끝없이 이어진 골목은 성안의 사람들조차 헷갈릴 때가 종종 있었다. 멀리 황룡사에서 을야(乙夜)를 알리는 종소리가 울리자 골목의 창문이 하나둘 닫히고 불빛도 꺼져갔다. 불빛이 빤히 새어나오는 집은 룡의 집뿐이었다. 골목 담벼락에 바짝 달라붙어 있던 시커먼 물체가 쿵 하고 담을 넘었다. 둔탁한 소리가 금세 어둠 속으로 묻혀들었다.

삼경도 훨씬 지나 달빛마저 창백한 시간, 룡은 곤드레만드레가 되어 사립문을 밀고 들어섰다. 한데, 댓돌 위에 두 켤레의 신발이 나란히 놓여 있지 않은가! 그는 허리가 꺾일 듯 휘청하고 몸의 중심을 잃었다. "아무래도 내가 취중에 집을 잘못 찾아왔나벼! 하나는 분명 내 것인디, 또 하나 저것은 뉘 것인겨?" 룡은 고개를 떨구고 멍하니 서서 길어진 제 그림자만 바라보았다. 그는 큰 기 뒤로 솟은 진회색 뿔을 살래살래 흔들더니 조심스럽게 한 걸음 두 걸음 뒷걸음질쳐 물러나왔다. 그리고 마당 한가운데 서서 처연히 춤을 추기 시작했다. 점점 춤사위에 빠져든 그의 붉은 뺨 위로 두 줄기 눈물이 흘러내렸다. "모두가 내 탓이여! 밝은 달을 핑계로 밤드리 노니다가 의무 방어도 깜빡 잊었던겨……." 그의 입속말이 후드득 땅으로 떨어졌다.

이튿날, 곱슬 수염의 사내는 낙타를 타고 급히 사막으로 떠났다.

가다가 돌아온, 최씨

최씨의 허리춤에는 늘 패철(佩鐵)이 달려 있다. 그는 논밭을 둘러보거나 장에 갈 때도 심지어는 변소에 갈 때도 차고 다녔다. 그 물건으로 밥벌이를 하는 것도 아니어서 그만 끌러놓을 만한데도, 이젠 그가 도리어 그것에 묶여버린 듯 좀처럼 풀려나지 못했다. 요즘도 더러 그를 찾아오는 이가 있긴 하다. 개점 휴업 상태의 한 물간 지관은 언제라도 찾는 사람만 있으면 수십 리 밖이라도 마다하지 않고 길을 나섰다. 벽조목(霹棗木)*으로 만들었다는 그의 물건은 할아버지로부터 아버지를 거쳐 그에게 전해져온 밥벌이의 도구였다.

||||||||
* 벼락 맞은 대추나무,

그날은 6년근 인삼을 밭떼기로 넘기고 현금을 두둑하게 받은 날이었다. 마침 양촌 장날이어서 농협에 들러 큰돈은 통장에 넣고 잔돈 몇 푼만 주머니에 넣었다. 정오가 지나자 그는 국밥이나 한 그릇 사 먹으려고 장터로 들어섰다. 오일장이라고 해봐야 반나절도 안 돼 파장되는 면소재지의 장터는 오늘따라 더 썰렁했다. 농산물이 밭떼기나 차떼기로 팔리는 판이니 장에까지 끌고 나올 이유가 없어진 것이다. 최씨는 쇠전 옆에 있는 40년 단골 국밥집에 들렀으나 문이 굳게 닫혀 있었다. 그래서 옆집에 물어보려고 기웃거리다 그만 공주집 아가씨에게 붙들려 갔다. 손수건보다 짧은 팬츠를 입은 아가씨가 어찌나 예의 바르고 교양파인지 도저히 빠져나올 수가 없었다. "어르신, 취해서 못 가시면 제가 스쿠터로 모셔다 드릴게요. 걱정 마시고 드세요." 하며 자꾸 권하는 바람에 해가 지는 줄도 모르고 마셨다. 양자강 발원지에서 공수해왔다는 '백주'라는 술은 50도가 넘는 곡주였다. 혼자 한 병을 다 비운 최씨는 자리를 털고 일어서며 주머니를 뒤졌으나 잔돈 몇 닢만 까슬하게 만져졌다. 아차! 몽땅 통장에 넣었다는 사실이 그제야 떠올랐다. 애꿎은 통장만 만지작거리며 서 있는 최씨의 긴 그림자가 흔들거렸다. 복숭앗빛 뺨에 상큼한 미소를 머금었던 아가씨 얼굴이 일순간에 일그러졌다. 그녀를 바라보던 최씨의 가슴도 소금을 뿌린 듯 따끔따끔했다. 저런! 저런! 어쩌나! 배춧잎 몇 장만 들려주었더라도, 저토록 상심한 표정은 아니 지었을 텐데…….

　장터를 벗어나자 금방 불빛이 사라졌다. 풀벌레 소리만이 무성하게 최씨를 따라왔다. 때는 칠월기망(七月旣望)이라 하늘은 높고 달빛은 거울처럼 투명했다. 신작로가 꿈틀꿈틀 용틀임을 치더니 그를 향해 벌떡 일어섰다. 하마터면 정면으로 부딪혀 마빡이 깨질 뻔했으나 다행히 발목만 접질리는 정도로 나동그라졌다. 참으로 오랜만에 겪는 현상이었다. 최씨는 시큰거리는 발목을 질질 끌며 수리미재를 넘어섰다. 멀리 보이는 방죽에 만수위가 차 찰랑찰랑 천 개의 달이 도장을 찍으며 하늘을 희롱하고 있었다. 하늘과 저수지가 그대로 한 몸이었다. 최씨의 걸음이 빨라졌다. 혹여 화장품 냄새라도 배었을까 봐 몸을 씻고 집에 들어갈 생각이었다. 신발과 옷을 모두 벗어놓고 풍덩 저수지로 뛰어들었다. 한때는 저수지 동서남북을 자유롭게 왕복했을 뿐만 아니라 한 사람을 등에 업고도 펄펄 날아다녔다. 전국수영대회를 휩쓸었고 신기록을 갱신하며 '가오리'라는 별명으로 불리었던 시절이 있었다. 박태환이 부럽지 않을 시절이. 오늘 밤, 생체 시계가 그 시절로 되돌려진 듯 몸이 날아갈 듯 가뿐했다. 하늘과 달과 그의 나신이 하나가 되어 춤을 추었다. 이백(李白)을 흉내 내지 않더라도 저절로 시가 읊어졌고 몸짓까지도 시적으로 사뿐사뿐 유영(遊泳)했다. 어머니 자궁 안에서나 누려봤을 호사스런 느낌이었다. 둥둥 뜬 몸이 은하수를 지나 어디론가 마냥 흘러가고 있었다. 사르르 졸음이 쏟아지는데 갑자기 어디선가 귀신 씻나락 까먹는 소리가 들려왔다. "이놈의 영감태기야! 빨리 일어나라고. 여기는 당신 자리가 아녀! 천지방위를 제 몸에 지녔으면서 제자리도 못 찾는 이런 빙신을 봤나! 왕년의 수영선수 꼴 참 좋구만! 그러게, 내 음택(陰宅)을 짓던 날도 고주망태가 되어 북방도 제대로 못 짚더니만, 기어이 일을 치고 마네그려! 그래서 내가 영면에 들지 못하고 이렇게 잡귀로 떠돌고 있잖여! 이 허랑한 인간아! 죽더라도 내 자리나 지대로 봐주고 죽든지 말든지 허라고. 아직 명계(冥界)를 넘어서지 않았으니 어서 되돌아가!"라고 호통을 쳤다. 그 목소리는 분명히 지난달에 죽은 호두나무집 노파의 목소리였다. 귓속에서는 쟁쟁쟁 소리가 들리는데 몸은 손가락 하나도 까딱할 수가 없었다. 이빨이 빠득빠득 갈렸지만 그것은 내상의 절규일 뿐 몸 밖으로 나가지 못했다.

그때 어디선가 소슬바람 한 줄기가 불어와 그를 저수지 가장자리로 밀어냈다. 그의 몸을 동동 뜨게 했던 것은 허리춤에 묶여 있던 물건이었다. 벼락 맞은 대추나무로 만들었다던 그 신통한 패철!

양촌에 사는 지관 최씨는, 오늘도 안녕하시다.

월하독작

칠월기망(七月旣望)에 혼자 마셨지.

그래, 그날 달빛이 너무 밝은 게 문제였어. 바람도 안개도 잠잠하던 밤이었지. 달은 거울처럼 맑았고 살갗을 스치는 공기엔 청량한 기운이 감돌았어. 초저녁부터 한잔했지. 모처럼 알딸딸하게 취기가 돌자 좌뇌의 촉수들이 꿈틀대기 시작했어. 일 년 중 가장 밝고 완전한 똥그란 형태의 달이 칠월기망이라고 하지 않던가? 그래서 달마중을 하려고 혼자 증미산 정자에 올랐지. 당신 같으면 그런 밤에 안 마시고 배길 수 있었겠어?

처녀의 젖무덤처럼 봉긋 솟은 산꼭대기에 둥실 떠오른 달이 중천에 이르자 소소영영(昭昭靈靈)한 한 줄기 빛이 내 정수리에 내리꽂히는 거야. 하늘의 뜻을 안다는 지천명에 이른 지도 벌써 몇 년이 흘렀으니, 산중에 혼자 있다 한들 무엇이 두렵겠어. 호랭이가 나올 리도 없겠고. 그래, 마시고 또 마셨지. 하늘의 달 한 번 보고 한 모금 했고 강물에 빠진 달 한 번 보고 마셨고 외롭게 서 있는 졸참나무에게 그림자 비키라고 시비 걸면서 한잔했지. 진정한 술맛은 혼자 마실 때 참맛이란 걸 이미 알아버린 고수였거든. 그래 잔을 거듭 비웠지. 소동파를 불러내 적벽부(赤壁賦) 한 가락을 쏘라고 했었던가? 아니면, 내가 직접 쏘았던가!

　밤이 깊어갈수록 희끗희끗한 머리카락이 달빛에 젖어 잘 닦인 황동처럼 빛났어. 그러다 깜박 잠이 들었었나 봐. 오싹한 한기가 느껴져 깨어보니 온몸에 이슬이 내려 축축하더라고. 그런데 입술이 좀 땡겨지는 느낌이 드는 거야. 그래서 '아!' 하고 소리를 한 번 내봤더니 '웹!' 하고 들리는 거야. 그래 겁이 덜컥 났지, 술이 화 깨더라고. 잽싸게 산을 내려와 거울을 보니 중립을 지켜야 할 입이 왼쪽 귀밑에 붙어 있는 거야, 달은 간데없고 하늘만 깊은 밤에……

　◉ 옛사람들이 말하길, "처서가 지나면 한뎃잠을 자지 말라." 했지. 입이 돌아간다고.

일진 사나운 날

"방문을 열자 향기로운 웅어(雄漁, 곰과 생선) 내음이 코를 찔렀습니다.

녹설(鹿舌, 사슴의 혀)과 표태(豹胎, 표범의 태)가 교자상 중앙에 놓였고, 황석어(黃石漁, 노란 조기)와 말린 팔대어(八帶漁, 문어), 제곡(齊穀, 껍질이 자색인 작은 조개)과 석화가 좌우에 펼쳐졌으며, 죽순절임과 제주도에서 가져온 표고와 삼척의 올미역도 보였어요. 죽엽청(竹葉淸, 푸른빛이 감도는 맛있는 술)에 취하고……."

이런 안줏감들이 코앞에 펼쳐졌는데 술 생각 안 날 위인이 어디 있겠소? 그래서 참이슬 딱 한 잔만 한다는 것이 그만, 그 꼴이 되고 말았소이다. 정말로 면목 없습니다, 이 더위에 젊은 양반들 욕보게 해서…….

며칠째 펄펄 끓는 열대야로 밤잠을 설친 탓에 정오 무렵부터 선풍기 앞에서 꾸벅꾸벅 졸았나 봅니다. 중복을 사나흘 앞두고는 저는 아예 노트북을 덮어버렸지요. 작업이고 뭣이고 간에 때려치우고 몸 상하지 않고 여름을 나는 것만으로도 상책이라고. 이런 폭염엔 조용히 책이나 읽으며 보내기로 결심을 했죠. 그날은 대서와 중복이 앞뒤로 낀 날이었어요. 정오가 지나면서 벽에 걸린 온도계가 숫자 36도를 넘어섰지요. 얼마 전에 읽었던 황모 씨의 글 한 편이 생각났습니다. 여름엔 그저 세숫대야에 발 담그고 무협소설 한 편 읽는 것보다 더 좋은 피서 방법이 없노라고……. 그래서 나도 탁족이나 즐기며 독서삼매에 빠져보겠노라고 커다란 고무 다라에 물을 찰랑찰랑 채우고 소파에 등을 기댄 채 발을 담갔죠. 아! 이 시원함. 왜 진즉 이 방법을 생각하지 못하고 그렇게 쩔쩔맸던가. 졸음도 한꺼번에 싹 가셔버렸습니다.

　때마침 인터넷 서점에서 '여름맞이 빅세일'을 한다기에 주문했던 책이 오전에 배달되었습니다. 김탁환이란 젊은 작가가 쓴 『나, 황진이』란 소설인데 겉표지의 종이 질감이 까끌까끌한 것이 꽤나 감촉이 좋고 디자인 역시도 고전미가 담긴 책이었습니다. 제목에 반쯤 가려진 여인의 초상화도 어떤 고상한 중첩된 의미가 숨어 있는 듯했고. 책장을 펼쳐 첫 문장을 읽는 순간부터 예리한 통증이 가슴을 긋고 지나갔습니다. 군더더기 하나 없이 깔끔한 문장에 감미롭기까지 한 고백체의 문체가 고절하기까지 했습니다. 한 문장 한 문장을 떼어 읽어도 그대로 시구(時句)가 되는 운율을 지닌 문장이었지요. 혀가 저절로 굴러갔습니다. 내 낭독 소리에 내가 빨려들어 계속 소리 내어 읽어가게 되었죠. 문장마다에서 눈길을 뗄 수가 없었어요. 위의 첫 단락에서 밝힌 바와 같이 그 대목(112쪽 중간쯤)에서 그만 발동이 걸리고 말았답니다. 그날 있었던 일은 전적으로 그 소설 때문이었다니까요. 믿어주세요, 이 사람. 이 더위에 무슨 술맛이 난다고 여자 혼자 대낮부터 펐겠습니까?

냉장고 문을 열었을 때 문 안쪽으로 세워졌던 풀잎 색깔의 술병들이 싱그럽게 피어나고 있었습니다. 촉촉하게 냉기를 머금고 간절히 외출을 기다리는 폼이었지요. 손끝에 닿는 유리병 촉감이 참으로 신선했어요. 한 잔 두 잔 홀짝거리며 개성 유수의 잔칫상에 올려진 안줏감들을 한 번씩 읽어갔지요. 16세 황진이의 수궁(守宮, 처녀 표적)을 지운 날, 연회석상에 차려진 산해진미 안주들을.

드디어 빈 술병 세 개가 나란히 줄을 섰습니다. 그리고 마지막 남은 한 병을 더 가질러 가기 위해 마룻바닥에 발자국을 찍으며 부엌으로 향하던 참이었지요. 그날은 몹시 일진이 사나웠던 날이었던가 봐요. 그만 물기에 미끄러져 너장거리를 치는 바람에 잠깐 정신을 잃었었죠. 그리고 뒤통수 세 바늘을 꿰매는 불상사가 그만……. 그래서 119 신세를 졌던 거예요. 어쨌든 죄송하게 되었습니다, 이 무덥고 짜증 나는 날 바쁜 소방대원 아저씨들 달려오게 해서…….

앞으로는 절대 혼자 낮술 안 마실게요, 믿어주세요!

처용의 변명

'놈이, 내 집 앞에 나무를 심어놓고 갔다, 그것도 화살나무를.'

증미산 아래 사는 김씨는 초저녁 어스름부터 발코니에 앉아 눈에 불을 켜고 지키고 있다. 귀신같이 출몰해서 간밤에 나무를 심어놓고 사라지는 놈을 잡기 위해서였다. 실내 전등을 모두 끄고 몸을 납작 엎드려 헤드랜턴까지 동원해 움직이는 물체를 노리고 있다. 지금 이 순간엔 누구든 김씨의 손에 잡히기만 하면 당장 아작 나고 말 것 같은 분위기다. 콧구멍에서도 독한 김이 슉슉 뿜어져 나왔다.

김씨의 아내는 나무를 좋아하는 사람이었다. 그의 말에 의하면 소설가가 되지 않았으면 아마도 나무 박사가 되었을 것이라 했다. 생일이나 결혼기념일에도 선물 따위에는 관심이 없고 "그냥, 나무나 한 그루 심어줘요." 하는 사람이었다. 증미산 아래 17

층 아파트에 살던 그이는 늘 공중에 매달려 있는 것만 같다며 어지럼증을 호소했다. 땅 냄새를 맡으며 나무 가까이에서 살면 어지럼증이 가실 것 같다고 했다. 나뭇잎에 빗방울 떨어지는 소리를 들으며 잠들고 싶다고 노래를 했다. 때마침 106동 끝에 정원 딸린 1층이 나왔다. 탁 트인 전망 좋은 집도 아니고 더더욱 로열층으로서 경제적 가치가 있는 것도 아닌 구석진 집이었다. 김씨는 겨자를 씹는 기분이었지만 아내를 위하여 수억 원을 들여 그 집을 사기로 결정했다. 그의 아내는 이사도 가기 전에 정원에 심을 나무 목록부터 챙기며 부산을 떨었다. 이사하고 첫날밤을 자고 났을 때였다. 늠름하고 잘생긴 계수나무 한 그루가 거실 창가 앞에 떡하니 심겨져 있었다. 흙이 여기저기 흩어져 있고 뿌리가 제대로 덮이지도 않은 것을 보면 누군가 간밤에 서둘러 심었다는 증거였다. 어떤 자비로운 천사께서 어둠 속에서 고마운 일을 하시다니, 그것도 아내가 좋아하는 계수나무를 딱 맞춰서……. 김씨도 이제 나무에 대한 상식이 서당 개 3년을 넘어선 수준급이었다. 가을날 인디언핑크빛으로 물든 하트 모양의 나뭇잎이 달콤한 향내를 날리며 한 잎 두 잎 떨어질 때면 김씨처럼 감성이 무딘 남자도 가슴이 녹녹해졌다. 삭막한 겨울날에도 바짝 마른 계수나무 잎을 주워 손바닥에 놓고 비비면 솜사탕 냄새가 묻어났다. 김씨는 꽃삽을 들고 나가 흙을 고르고 뿌리를 밟아주며 가을날 풍요를 그려보았다. 아내는 그날 이후 자주 거실 창가에 섰다. 계수나무에 눈도장이라도 찍듯 그윽한 눈빛으로 눈맞춤을 하고 얼굴에 생기까지 돌았다. 나무를 워낙 좋아하는 사람이니까 그 정도쯤이야 봐줄 만했다. 그런데 엊그제 김씨가 늦잠에서 일어나 보니 이번엔 화살나무가 창가에 출현하지 않았던가. 바람의 저항을 뚫고 힘차게 날아갈 것 같은 빳빳한 깃을 세우고.

김씨는 젊은 날 종합상사에서 천리마처럼 뛰었다. 그의 수첩에 적힌 단골술집 전화번호만도 서너 페이지를 채우고 남았다. 공사도 다망하여 늘 자정이 넘은 시간에 집에 들어갔다. 아내는 그의 귀가를 일컬어 '기어 들어왔다'고 표현했다. 정말로 면목이 없는 것은 아이가 중학교 고등학교 다닐 때 어느 학교에 어떤 교복을 입고 다녔는지조차 기억이 없는 것이다. 오대양 육대주를 제 동네처럼 누비고 다녔던 국제통에게 오늘처럼 이렇게 주체할 수 없는 시간이 일찍 찾아오리라고 누가 예견할 수 있었겠는가? 그는 마흔일곱 살에 집으로 돌아갈 것을 명령받고 집을 지킨 지가 벌써 10여 년째 되었다. 바깥에서 보낸 젊은 날의 열정의 대가를 톡톡히 치르며 점점 상귀신이 되어갔다.

술시(戌時) 전부터 발코니 타일 바닥에 엎드려 있던 김씨는 몸에 으슬으슬 한기가 드는 것을 느꼈다. 그래서 몸을 덥히려고 한잔했다. 술기운이 몸에 퍼지자 옛날 기억들이 슬금슬금 기어 나왔다. 기억의 늪으로 빠져들수록 화가 치밀어 올라 견딜 수가 없었다. 그래서 도수가 높은 것으로 야금야금 목을 축였다. 어둠이 채워지기도 전에 벌써 불콰하게 취기가 올라 자꾸만 눈꺼풀이 감겼다. 손등으로 꾹꾹 눈두덩을 눌러도 보고 손톱으로 콕콕 찍어도 보았지만 소용없었다. 김씨의 고개가 몇 번 끄떡끄떡 아래로 떨어졌다. 제멋대로 떨어지던 고개를 퍼뜩 치켜드는 순간 어떤 물체가 비호처럼 시야를 스쳐갔다. 김씨의 날랜 손이 순간적으로 잽싸게 뭔가를 날렸다. 쨍 하고 박살나는 소리가 났다. 아뿔사! 반병쯤 남아 있던 나폴레옹 코냑 21년산 술병이 산산조각 나고 말았다. 도둑고양이 한 마리가 대가리를 정통으로 얻어맞고 비칠비칠 몸을 끌며 화살나무 밑으로 숨어들었다. 아이고, 아까워라! 김씨의 가슴에도 유리 파편이 총총히 박힌 듯 따끔따끔한 통증이 지나갔다. "그래, 내 아무리 둔한 사람이지만 계수나무와 화살나무의 상징성 그쯤 정도야 읽어낼 수 있다, 인마! 얍삽하게 놀지마라." 김씨의 중얼거림이 소리 없는 파동을 그리며 어둠 속으로 떨어졌다.

⁂ 그날 이후 베란다에서 김씨의 기침 소리가 들리면 한쪽 귀가 쭈그러든 고양이 한 마리가 정원에 나타났다. 코냑 맛을 보았던 놈이 상처 난 대가리를 흔들면서.

야경국가 시민

그는 보편적 시민 축에 끼는 한 사람이었다. 연간 술 소비량 최대 1위인 국가, 세계에서 가장 밤늦게 잠드는 올빼미족(族) 순위에 꼽히는 국가의 시민으로서의 명예에 조금도 누를 끼치지 않는 사람이었다. 이미 그의 몸에 새겨진 아날로그적 인식 체계는 자정을 넘기지 않고는 집으로 향할 줄 몰랐다. 저녁 약속이 없으면 어디가 아픈 사람처럼 맥을 못 추는 체질이 되어버렸다. 그날도 첫잔은 참신하게 시작되었다. "가볍게, 서서 딱 한 잔만 하고 귀가하자, 자리에 앉게 되면 시간 길어지니까." 한강이 내려다보이는 서강의 비탈진 언덕, 오래된 술집에서 더없이 가벼운 마음으로 상쾌하게 잔을 들었다. 드럼통 연탄 화덕에 빙 둘러서서 갈비를 구워 먹는다 해서 붙여진 '서서갈비집', 그곳에서 1차가 시작되었다. 화력 좋은 연탄불 위에서 힘세고 질긴 놈의 살덩이가 지글지글 타들어가고 단백질이 내뿜는 고소한 냄새와 연기에 그들의 얼굴도 불콰하게 취해갔다. 옆 사람의 얼굴조차도 분간키 어려운, 섶사냥으로 너구리 잡듯한 매캐한 연기 속에서, 사내들의 컬컬한 목소리가 낡은 목조 건물 천장을 뚫고 밤하늘로 치솟았다. 참이슬이 석 잔 넉 잔, 식도를 짜릿하게 핥고 내려갔다. 이 시간이야말로 살아 있음의 정체성을 확인하는 황홀한 시간이었다. 진홍색으로 물든 그의 딸기코에서는 단내가 풍겨나고…….

그리고 몇 군데 더 순례가 이어졌던가. 삼경도 중반에 접어든 시각 그는 택시를 잡기 위해 서강의 비탈길을 내려서는데, 앗! 눈앞에 펼쳐진 아찔한 풍경에 그만 홀리고 말았다. 붉은 기둥과 오색찬란한 빛의 도시가 그대로 한강에 뿌리를 박고 그에게 손짓하고 있었다. 그는 도무지 적확하게 표현할 말을 찾지 못해, 입속에서 혀만 굴리며 우우거렸다. 그래, 한강의 기적을 이뤄낸, 위대한 야경국가(夜景國家) 시민, 그 한 사람으로…….

그가 오싹한 한기에 진저리를 치며 눈을 떴을 땐 새벽이었다. 몸뚱어리는 차도에 반쯤 걸쳐 있고 머리는 인도 경계석을 베개 삼아 얌전히 누워 있지 않은가. 어렴풋이, 택시 안에서 야구 모자를 깊게 눌러썼던 여윈 청년의 모습 하나가 후딱 지나가고, 필름은 거기서 툭 끊겼다. 그는 재킷 안주머니에 손을 찔러보고 놀랐다. 잡히는 게 아무것도 없었다. 부질없이 주머니마다 손을 찔러 보았건만 헛손질이었다. 유실물은 지갑뿐만 아니었다. 47년을 함께해온 앞니 한 개도 감쪽같이 사라지고 말았다. 그는 밤마다 세금을 확실하게 낸 야경국가(夜警國家)의 보편적 시민일 뿐인데…… 어젯밤 다 털렸다.

3

고요를 깨뜨리는
소소한 옛이야기

인왕제색(仁王霽色)을 그리다

신미년 윤5월, 열아흐레 아침부터 퍼붓기 시작한 빗줄기가 엿새째 그치지 않았다. 나는 툇마루에 쭈그려 앉아 종일 빗소리를 들었다. 장마가 이렇게 길어지면 늙은 환자에겐 치명적일 수밖에 없을 텐데…… 사천(槎川)*의 집에서는 이렇다 할 기별 없이 또 날이 저물고 있었다. 나는 붓질 한번 해보지 못하고 먹만 갈다가 하루를 날렸다. 먹을 쥔 손마저 건성이어서 제대로 된 먹물조차 벌지 못한 하루였다. 윗목에 비단과 한지를 동시에 펼쳐놓고 감흥이 일기를 기다렸으나 감흥은커녕 감(感)자의 코빼기도 비치질 않았다. 사천 걱정을 하다 보면 가슴 저 밑바닥에서부터 무언가 꿈틀거리며 올라오는 게 있다. 오래된 체기처럼 뭉쳐 있는 것 같

‖‖‖‖‖‖
* 　영조 때 시인 이병연(李秉淵, 1671~1751)의 호.

기도 하고 때론 살얼음처럼 건드리면 톡 깨져버릴 것 같기도 한 촉수가 예리한 놈이었다.

이제 내 몸은 진기가 다 빠져 헐렁해졌다. 근력 없는 육신은 호흥(豪興)이 일거나 머릿속을 칼끝처럼 긋고 지나가는 미감(美感)이 당기지 않으면 작업할 엄두가 나지 않았다. 갈빗대가 약해져 장시간 등을 굽혀야 하는 작업도 힘들고 손목 힘도 부실해져 붓을 놓칠 때가 종종 있다. 그러면 다 그려놓은 그림을 망치기 일쑤다. 무엇보다 눈이 어두워 세필 작업이 여간 힘든 게 아니다. 요즘엔 연경에서 들여온 돋보기 덕을 좀 보고 있는 편이다. 하루를 공쳤으니 앞으로 작업할 시간이 그만큼 늘어난 셈이다. 눈을 좀 붙이려고 돗자리 위에 몸을 눕혔으나 잠이 오지 않았다. 목침을 낮게 고쳐 베고 벽을 향해 누웠다. 아무것도 하지 않았는데 몸이 천근만근 무거웠다. 뒤란에서는 여전히 낙숫물 떨어지는 소리가 요란했고 눅눅한 밤이 깊어갔다.

늦잠에서 깨났을 때 집 안은 고요했다. 골목의 발짝 소리가 나를 깨웠다. 평상시에도 아내는 나를 깨우지 않고 일어날 때까지 내버려두었다. 밤샘 작업을 하거나 또는 그림 구상을 하다가 잠때를 놓치는 것을 알고 있기 때문이다. 첫닭이 울 때까지도 줄기차게 내리던 빗소리가 좀 잦아들기 시작했다. 아직 마당에는 빗물이 고여 탐방탐방 낙숫물 떨어지는 소리가 들렸다. 나는 마당으로 나와 인왕을 올려다봤다. 산허리를 휘감은 안개 속에서 화강암 봉우리들이 섬들처럼 떠 있었다. 마치 공중에 뜬 부석처럼 비현실적인 풍광이었다. 서쪽의 성곽은 안개에 가려 가물가물하고 우뚝한 암석들만 커다란 연꽃 모양으로 부양(浮揚)했다. 가늘게 실눈을 뜨고 올려다보면 아직 꽃술이 벌지 않은 연꽃 봉오리 하나가 가운데에 우뚝하고, 그것을 감싼 꽃잎들이 수면에 잠길 듯 말 듯하며 막 피어나는 형상이었다. 나는 의복을 챙겨 입고 집을 나섰다. 그리고 수성동 골짜기까지 걸었다. 폭포 소리를 직접 듣기 위해서였다. 서촌과 장동 일대는 지대가 높아 물길이 빠르게 청계천으로 흘러갔다. 웬만큼 큰비에도 끄떡없을 정도로 동네가 가팔랐다. 식전 풍경과는 사뭇 다르게 날이 들기 시작했다. 아직도 골짝 아래는 물안개로 덮여 집과 나무들의 모습이 잘 드러나지 않았다. 순간 내 머릿속을 긋고 지나가는 것이 있었다. 그래, 저 너머의 세계를 그려보자, 이상 세계! 안개가 조금 더 벗겨질 때를 기다려서……

나는 마음이 급해졌다. 얼른 저 인왕의 제색(霽色)* 풍광을 잡아서 사천에게 보이고 싶었다. 그럼 사천이 병마를 털고 벌떡 일어

IIIIIIIII
*   큰 비가 온 뒤에 하늘이 막 갤 때의 풍광

날 것만 같았다. 가슴이 마구 쿵쾅거렸다. 이레 동안 내린 빗물을 흥건히 품은 화강암! 그 봉우리의 진경(眞景)을 그려내자. 도저한 저 인왕의 풍만한 자태를 화선지에 그대로 옮겨보자. 붓걸이에서 붓을 고르고 서 있는데도 자꾸만 뒤꿈치가 달싹거렸고 몸이 깃털처럼 가벼워지는 것을 느꼈다. 우선 갈필(葛筆)*과 돈모 그리고 죽필 몇 자루를 챙겨들었다. 붓끝이 닳고 닳아서 몽당붓이 된 황모필도 챙겨들었다. 이레째 먹빛이던 하늘이 정오 무렵부터 말갛게 벗겨지기 시작했다. 서쪽 하늘과 그 끝에 닿은 능선 그리고 가까이 있는 성곽의 윤곽들이 어렴풋이 드러나기 시작했다. 거기에, 북악 아래 있는 사천의 취록헌(翠麓軒)도 옮겨와 넣을 작정이다. 마지막으로 화선지 한 장을 더 준비했다.

몇 개의 붓을 휘둘렀을까? 몇 시간이 흘렀을까? 붓을 내려놓고 보니, 내 맘에 딱 드는 그림이 완성되었다. 해가 뉘엿뉘엿 떨어져 대숲 그림자가 마당을 덮은 시각이었다. 헌데, 마루 끝에 사천의 사동(使童)이 와 앉아 있었다.

"언제 왔더냐?"

"아까침에 왔는데, 작업에 몰두하셔서 여쭙지 못했습니다."

||||||||
* 칡뿌리로 만든 붓.

"그래, 어르신께서는 좀 어떠시더냐?

"미시(未時)경에 숨을 놓으셨습니다, 어르신께서는."

"뭐라고? 숨을 놓았다고……. 그럼, 이 그림을 보지도 못하고 떠나갔구나!"

　나는 그대로 털썩 주저앉고 말았다. 백옥처럼 담백하게 그려놓은 화강암 봉우리에 나도 모르게 먹물을 쏟아붓듯 검게 칠하기 시작했다. 땅거미가 완전히 인왕을 덮을 때까지도 붓을 놓지 못했다. 내 가슴 저 밑바닥에 똬리를 틀고 있던 애응지물(礙膺之物)이 쏟아져 나오듯 검은 것을 쏟아냈다. 붓질을 멈추지 못하고 쓸고 또 쓸어내려 화강암봉은 수없이 덧칠되었다. 나 겸재(謙齋)는 과연 사천을 동네 벗으로 또는 학형(學兄)으로만 좋아했던가? 그의 관직과 시인으로서의 명예에 대한 시기와 질투심은 손톱만큼도 없었던가!

　신미년(1751) 윤5월 스무엿새, 〈인왕제색도〉는 그렇게 나의 붓질을 받아냈다.

택견의 고수

음력 9월 하순이었다. 황금색 들판이 일손을 재촉하고 있었다. 작년에 이어 올해도 벼농사가 풍작이다. 그런데 읍성 관아에 증광시(增廣試)가 열린다는 방문이 나붙었다. 이번 기회를 놓치면 또 몇 년을 기다려야 할지 몰라 유씨도 타작을 하다 말고 짐을 챙겨 길을 떠났다. 일정이 순조롭게 진행된다 해도 시험 전날까지 한양에 도착하기란 아슬아슬할 정도였다. 먼동이 틀 무렵부터 신발과 행전 끈을 단단히 매고 길을 나서 땅거미가 질 때까지 부지런히 걸어도 촉박할 시간이었다.

그날도 유씨는 담배 한 대 피울 겨를도 없이 강행군을 계속했다. 위험이 따르기는 하겠지만 어쩔 수 없이 지름길인 병골재를 넘기로 결심했다. 오직 믿는 것은 오랫동안 택견으로 단련된 자기 몸뿐이었다. 그는 날렵한 몸가짐뿐만 아니라 걸음걸이도 보통

이 아닌 사람이었다. 하지만 닷새를 빡빡하게 걸어온 탓에 발가락에 물집까지 생기고 말았다. 도포 자락을 걷어 올려 허리춤에 묶고 숨 가쁘게 병골재를 막 올라챘는데 때맞춰 해가 꼴딱 넘어갔다. 늦가을 해는 떨어지자마자 곧 어스름이 내렸다. 겹겹의 능선이 검은 실선으로 번져갔다. 달빛도 없는 그믐이어서 꼼짝없이 산속에 갇힐 신세였다.

유씨가 목까지 찬 숨을 고르려고 잠시 멈춰 서서 땀을 닦을 때였다. 사위에 서늘한 기운이 감돌며 머리카락이 쭈뼛쭈뼛 일어섰다. 아뿔사! 바로 몇 발짝 앞에서 눈에 불을 켠 얼룩무늬 짐승이 떡하니 버티고 있는 게 아닌가. 중송아지보다 큰 몸집으로 길을 막고 있었다. 입을 크게 벌린 채 그를 노려보았다. 유씨는 '혼이 빠졌다'라는 말을 그때 실감했다. 머릿속이 텅 빈 듯 캄캄했다. 야성의 숨결이 뿜어내는 기운에 눌려 옴짝달싹 못하고 서 있을 뿐인데 가랑이 사이로 뜨뜻한 것이 흘러내렸다. 암전된 시간이 얼마쯤 됐을까. 귓가에 헉헉거리는 거친 숨소리가 들렸다. 유씨는 정신이 들자, 어서 자기를 해결하라는 시늉을 해보였다. 호랑이는 고개를 절레절레 흔들었다. 유씨가 침착한 어조로 말을 건넸다. "그렇다면! 길을 비켜라. 나는 과거를 보러 가는 선비인데 지금 이렇게 지체할 시간이 없노라!"라고. 얼룩무늬 짐승은 여전히 입을 벌린 채 길을 막고 몹시 괴로운 표정으로 앞발을 치켜들었다. 기진맥진한 듯 밭은 숨을 헐떡이며 눈물까지 흘렸다. 유씨는 헛기침을 한 번 탁 뱉고는 호랑이에게 접근해 입속을 들여다보았다. 가느다란 금속성 막대가 목구멍을 가로질러 박혀 있었다. 그는 우선 택견 동작으로 팔의 힘을 풀고 호랑이 목덜미의 급소를 내리쳤다. 그리고 호흡을 조절한 다음 소매를 걷어붙이고 조심스럽게 기절한 호랑이 입속으로 손을 집어넣었다. 그가 간신히 뽑아낸 물건은 여인네의 비녀였다. 금세 정신을 차린 호랑이는 몇 번인가 크게 포효하더니 등을 내밀며 납작 엎드렸다. 유씨는 영문을 몰라 한참을 머뭇거리다 그의 등에 올라탔다. 등뼈가 낭창낭창한 짐승은 어둠을 뚫고 그야말로 비호처럼 내달렸다. 얼마를 달렸을까? 안개가 자욱한 큰 강가에 도착하더니 그를 내려놓고 슬그머니 숲으로 사라졌다.

넉넉한 시간 안에 한양에 도착한 유씨는 여유 있게 시험 준비를 할 수 있었고 증광시에 급제하였다. 그리고 돌아오는 길에 강을 건너자 떡갈나무 숲 속에서 호랑이가 또 기다리고 있었다. 이번에도 등을 내밀며 올라타라는 몸짓이었다. 유씨는 하는 수 없이 올라탔다. 택견으로 다져진 유씨의 유연한 몸과 네발짐승의 자늑자늑한 잔등이 한 몸처럼 느껴졌다. 어릴 적 어머니의 등에 업혀 잠들었던 것처럼 스르르 눈이 감길 정도로 편안했다. 황색 줄무늬 짐승은 험준한 준령을 몇 개 넘더니 시내가 흐르고 제법

평야를 이루는 야트막한 산자락에 그를 내려놓았다. 그리고 발톱으로 땅을 헤치며 방위 표시를 하더니 유유히 사라졌다. 그해 증광시에 탁월한 시문(詩文)을 냈던 유진(柳珍)은 벼슬길이 순탄했으며 말년엔 대제학까지 지내게 되었다. 호랑이가 점지해준 곳에 그의 무덤을 썼더니 후손이 번창했고 그의 문중에서는 걸출한 인물이 거듭 배출되었다. 무엇보다 그 집안 사람들은 호환(虎患)을 당하는 일이 없었다고 전해진다.

❀ 이 이야기는 문화 유(柳)씨 집안의 자녀들이 말귀를 알아들을 정도가 되면 맨 먼저 듣게 되는 씨족 설화다. 내가 다섯 살 무렵 할머니 무릎을 베고 시조의 관향(貫鄕)보다도 먼저 들었던 얘기였다. 우리 할머니는 아흔네 살까지 사셨고 증손 고손을 포함해 아흔한 명의 자손들에게 수백 번도 넘게 이 이야기를 들려주며 단단히 이르셨다. 밤길을 가다 혹시, 얼룩무늬 짐승을 만나거든 "저는 문화 유씨 자손입니다."라고, 먼저 고하라고. 그러면 무탈하게 지켜줄 것이라고……

손돌목

흐릿한 달빛이 바다의 비늘을 콕콕 쪼고 있는 여름밤이었다. 습기를 잔뜩 머금은 바람을 가르며 배 한 척이 좁은 해협으로 막 들어서고 있었다.

임금은 사공을 재차 다그쳤지만 그의 입에서는 똑같은 대답이 흘러나왔다.

"괘념치 마시옵소서, 폐하. 보기에는 막힌 듯하오나 좀더 앞으로 나아가면 물길이 나 있을 테니……."

사공 손돌은 눈 한 번 꿈적 않고 이 한마디를 아홉 번째 되풀이하며 묵묵히 노를 저어갔다. 극도로 초조해진 임금은 손돌의 흉계로 의심하고 '사공의 목을 치라'고 명령하였다. 그 상황에서도 임금의 안전 항해를 걱정하는 손돌은 마지막 한마디를 남기고 수숫대 같은 목을 가늘게 떨며 내놓았다. "부디, 바가지를 물에 띄워 흘러가는 방향대로만 노를 저어 따라가면 물길이 곧 뚫릴 것이오니……."

몽골의 수차례 침략과 부당한 조공에 시달려온 고려 조정은 결사 항전할 것을 결심하고 강화도로 천도하기를 강행했다. 어젯밤 어둠이 내리면서부터 임금은 개경을 떠나 손돌의 배를 타고 예성강 벽란도를 거쳐 한강 하류를 지나고 있었다. 육지 끝자락이 불룩 튀어나와 섬과 맞닿은 것처럼 보이는 해안 지형 때문에 처음 이곳에 오는 이는 영락없이 뱃길이 막혀 있는 것으로 착각하기 십상이다. 초나흘 밤 어둠을 틈타 몰래 천도하는 임금의 심기가 살얼음처럼 날이 서 있었다. 뱃길을 바로잡으라고 수차례 명령을 내렸건만 손돌은 꾸역꾸역 구석진 곳으로 노를 저어갔다.

보랏빛 여명이 검은 바다로 쏟아져 내릴 즈음 고종의 야행 천도는 손돌이 말해준 대로 바가지의 흐름을 따라 샛강처럼 좁은 염하해협을 용케 빠져나와 무사히 강화도에 도착했다. 임금은 자신의 발등을 찍으며 몇 날을 울고 또 울었다. 짐의 조급증이 애먼 사공을 잡았노라고. 그리고 손돌 공의 장사를 후히 지내주고 사당도 세워주라는 명령을 내렸다.

염하해협 덕포진 북쪽 육지 끝자락에 누워 있는 그는 지금도 되뇌고 있다. "폐하, 괘념치 마시옵소서. 보기에는 막힌 듯하오나 좀더 앞으로 나아가면 물길이 뚫릴 것이오니……."라고.

참말밖에는 뭣도 모르던 이가 초봄 2월이면 모진 돌풍을 몰고 온다니 손돌바람을…….

⬤ 그 후부터, 사람들은 이곳을 손돌목이라 불렀다.

성약, 지치의 효과

막, 저녁상을 물린 참이었다. 땅거미가 내려앉으며 먼 데의 물체가 흐려질 무렵 갑자기 뒤꼍에서 광풍이 몰아쳤다. 쫓고 쫓기는 절박한 호흡이 고요한 대숲을 흔들었다. 타다닥! 발짝 소리보다 먼저 노루의 몸이 장독대 뒤로 떨어졌다. 빽빽한 산죽 울타리를 뚫고 용케도 몸이 빠져나왔다. 순식간이었다. 혼비백산한 노루는 타작을 끝낸 콩대 더미에 대가리를 쑤셔 박고 한참을 버둥거렸다. 엉덩이에 난 날카로운 이빨 자국이 살벌했던 상황을 대신 말해주었다. 선혈이 흘러내리는 뒷다리를 파들파들 떨다가 눈동자가 딱 멈췄다. 그리고 다시는 눈꺼풀을 움직이지 못했다. 너무나 놀란 유씨가 뒷산을 올려다보니 눈에 불을 켠 짐승이 밤나무 아래 앉아 있었다. 거친 숨을 헐떡거리며 유씨네 집을 내려다보고 있었다. 사람의 눈빛과 정면으로 마주치자 얼룩무늬 꼬리를 한 번 크게 흔들더니 유유히 사라졌다.

그해 7월 말경이었다. 장마가 그치자 콩밭인지 풀밭인지 분간할 수 없을 정도로 콩 넝쿨과 잡풀이 한데 어우러졌다. 빨리 순을 잡아주지 않으면 한 해 콩농사를 망칠 판이었다. 잎이 너무 무성하면 콩꼬투리가 부실할 게 뻔한 사실이다. 순 잡을 시기를 놓칠세라 유씨 부부는 이른 아침부터 김을 매고 있었다. 그런데 밭두렁 사이에서 작은 짐승 새끼가 꼬물꼬물 기어 나왔다. 아직 눈도 뜨지 않은 여린 생명이었다. 유씨의 아내는 들고양이 새끼인 줄 알고 한 마리를 안고 가서 키울 셈이었다. 새끼가 있던 자리를 둘러보던 유씨가 "흡" 하고 호흡을 멈추었다. 그리고 낯빛이 하얗게 변했다. 산꾼은 산의 냄새를 알아보았던 것이다. 보통 짐승이 머물던 자리가 아니라는 뜻으로 갑자기 아내의 입을 틀어막았다. 중송아지만 한 몸집이 뒹굴었던 자국이며 긴 터럭을 뽑아 보금자리를 마련한 것 역시 예사롭지 않았다. 더구나 밭고랑 사이로 외줄 발자국이 선명하게 찍혀 있었다. 유씨는 급히 아내를 마을로 내려 보냈다. 얼른 집에 가서 아이들을 단속하라고 일렀다. 그리고 조심스럽게 새끼들을 삼태기에 담아 산으로 옮겼다.

살림이 넉넉지 않던 유씨는 농한기에 약초를 캐서 살림에 보탰다. 언제나 입산 전에는 사람 냄새를 없애기 위해 목욕재계했고 산신제 또한 정성스럽게 지내고 산에 들었다. 보름씩 떠나는 원정 산행 중에 변고가 없기를 기원하며. 그가 주로 캐던 약초는 지치였다. 지치는 건조한 비탈에서 잘 자랐다. 땅을 짚고 있는 뿌리 형태부터가 여느 약초와 달랐다. 꼬불꼬불한 검붉은 뿌리가 바위 틈이나 나무뿌리 밑도 여지없이 파고들었다. 수명이 오래된 것은 짙은 보라색을 띠었고, 꼭 사람 몸의 혈관처럼 묘한 형태를 이루었다. 채약꾼들 사이에선 산신령도 캐 먹는 약초라며 '성약(聖藥)'이라는 칭호까지 붙여졌다. 하지만 뿌리가 연해서 땅을 넓게 파고 채취해야 하는 기술도 따랐다. 막힌 것을 뚫어주는 활혈(活血)과 생혈을 보충하며 뱃속의 용종도 삭여낸다는 이 약초는 언제나 상종가였다. 더구나 금산 것은 최고가를 쳐주었다. 유씨는 뙤기 밭 가에 지치를 옮겨 심었다. 한 뿌리 두 뿌리 늘려 제법 군락을 이뤄갈 즈음 무언가에 몽땅 도둑맞았다. 한 뿌리도 남김없이 사라졌다. 헌데 파헤쳐진 형태가 도구를 사용한 흔적이 아니었다. 사람 손을 탄 게 아니라는 증거였다.

그해 겨울, 유씨는 노루 고기를 판 돈으로 논마지기를 마련했고 해를 거듭할수록 점점 살림이 늘어갔다. 그리고 매년 산꾼들 사이에서 지치를 제일 많이 캐는 사람으로 뽑혔다. 채약꾼들 사이에는 그의 이야기가 전설처럼 전해져 내려온다. 유씨의 도움을 받은 호랑이가 콩밭의 새끼들을 무사히 키워냈고 그 보답으로 노루를 집 안으로 몰아주었으며 새끼를 낳고 훔쳐 먹었던 지치도 보상해준 것이라고……

화관을 쓴 남자

복사꽃잎 분분히 날리어 물결 위에 점점이 떨어지고 교교한 달빛 호수에 잠겨 봄밤을 흐르는데 그 집 창문에는 벌써 불이 꺼졌다. 금슬 좋기로 둘째가라면 서러워할 오씨네 부부가 오늘 밤도 알콩달콩 사랑을 속삭일 게 틀림없다고 동네 아낙들은 불 꺼진 창을 가리키며 입방아를 찧어댔다. 그러면서 자기들 방에도 하나둘 등잔불을 껐다. 동네에서 제일 먼저 불이 꺼지는 그 집 여자는 잠꾸러기라 아침이 올 때까지 보쌈을 해가도 모를 정도로 깊은 잠에 빠졌다. 부부지간에 사랑이 너무 깊으면 질투의 화신이 그냥 놔두지 않는다고 하던가. 밤새 몸살만 앓고 나온 여자들이 푸석한 얼굴로 우물가에 모여 앉아 또 입방아를 찧어댔다. 잦은 입방아로 가루가 된 입소문은 우물가를 떠나 바람을 타고 날아다녔다. 귀 밝은 질투의 화신이 여자들의 등쌀에 못 이겨 입김을 불기 시작했던가. 상춘을 나갔던 남자의 고깃배는 물고기 한 마리 잡지 못하고 빈 배로 돌아왔다. 그날부터 시름시름 앓던 남자는 석 달을 넘기지 못하고 죽었다.

졸지에 청상이 된 여자는 지아비와의 지고지순했던 사랑을 못 잊어 밤마다 잠을 한숨도 이루지 못했다. 살아도 산 목숨이 아니어서 날로 야위어만 갔다. 오직 지아비 뒤를 따라 갈 날만 손꼽으며 눈물로 하루하루를 재촉했다. 제발 오늘 밤에…… 제발 오늘 밤 안으로…… 그이에게 데려가달라고 밤마다 정화수를 떠놓고 천지신명께 빌었다. 지아비 없는 세상은 물 마른 옹달샘이라며 식음을 전폐하고 누워버렸다. 여자도 3년을 넘기지 못하고 몸이 새처럼 가벼워져 황천길로 떠났다.

4천 개의 강을 건넌 여자가 도솔천에 이르니 꽃미남 줄리앙이 안내자로 기다리고 있었다. 여자는 두말할 것 없이 지아비 이름을 댔고 빨리 만나보고 싶다고 청을 넣었다. 그곳 내원궁은 3천 개의 방으로 이루어진 꽃대궐이었다. "안 만나보는 게 좋을 텐데요."라며 줄리앙은 첫 계단 앞에 서서 공개하기를 꺼려했다. 여자는 손가락에 끼워졌던 금반지를 빼서 슬쩍 내밀었다. 주춤거리던 안내자는 반지를 얼른 받아 주머니에 넣더니 첫 번째 방문을 열었다. 한 송이의 복사꽃을 머리에 꽂은 남자가 고개를 숙이고 수줍게 앉아 있었다. "이 사람입니까?" 하고 안내자가 물었다. "이닌데요." 여자는 짧게 대답하고 다음 방으로 향했다. 안내자가 두 번째 방문을 열었다. 그 방엔 두 송이의 복사꽃을 꽂은 사내가 엷은 미소를 머금고 다소곳이 앉아 있었다. 세 번째 방문을 여니 뺨이 복사꽃처럼 발그레한 소년이 세 송이의 꽃을 머리에 꽂고 눈웃음을 쳤다. 네 번째 다섯 번째⋯⋯ 서른한 번째의 방을 지나 서른두 번째 방문을 열었을 때 여자는 숨이 멎을 뻔했다. 그처럼 그리워하던 얼굴이 거기 있었다. 한 다발의 복사꽃을 통째로 머리에 이고. 남자는 머리에 쓴 화관이 무거운지 연신 고개를 꺼떡거리며 한눈을 팔고 있었다. 여자는 북받치는 가슴을 손으로 누르며 슬며시 문을 닫고 나왔다. 남자는 고개가 무거워 여자를 쳐다보지도 못했다. 수많은 골목을 지나 출구를 찾던 여자는 아흔아홉 번째의 방에서 흘러나오는 휘황한 불빛과 꽃향기에 끌려 그곳을 들여다보고 말았다. 그곳엔 카사노바가 머리뿐만 아니라 온몸을 복사꽃으로 덮고 있었다. 3천 번째의 방엔 의자왕이 복사꽃에 깔려서 일어나지도 못하고 끙끙대고 있다고 안내자의 입을 통해서 들었다. 지상에 살면서 바람을 한 번 피웠으면 꽃잎 하나, 두 번 피웠으면 꽃잎 두 송이, 바람을 피운 횟수에 따라 복사꽃화관을 상으로 받는, 장차 부처가 될 보살들이 사는 욕계. 넘치는 자비심으로 많은 여인들을 거느렸던 연애 대장이 왕이 된다는 내원궁만의 법칙이 있었다. 남의 몸에 피를 쨍하게 돌게 했던 사랑 보시야말로 자비의 으뜸이라고⋯⋯.

봄밤, 빗방울이 후두둑 나무의 우둠지를 치더니 삽시간에 회오리바람까지 몰아쳤다. 사정없이 휘갈기는 비바람에 뿌리째 뽑혀 나갈 듯 몸부림을 치던 나뭇가지는 꽃잎을 다 떨어뜨리고 검은 몸으로 비를 맞고 서 있었다. 연분홍 꽃잎이 바닥에 패대기쳐져 온통 흙탕물에 잠겼다. 깃털처럼 가벼운 혼령이 떨어진 복사꽃잎을 밟으며 그날 아침 도원을 지나갔다.

피영극(皮影戲)

늦봄, 두견새가 구슬피 울었다. 어쩌면 초저녁부터 울었는지도 모르겠다. 멀리 삼청골 골짜기에서 들려오는 소리인가? 아니면 가까이에 있는 상림원(上林苑)에서 우는 소리일까? 이미 진달래 도 져버린 봄밤인데. 꽃은 다 지고 아직 열매는 실하지 않은 늦봄 에서 초여름으로 넘어가는 계절의 경계였다. 서쪽! 서쪽! 서쪽쪽! 외로워 피를 토할 듯 울어대는 두견새 소리에 왕은 잠이 오지 않 았다. 방 안의 촛불을 모조리 꺼보았지만 그래도 잠이 들지 않았 다. 서쪽! 서쪽! 서쪽쪽! 바로 희정당 침전 뒤편에서 들려오는 애 절한 울음소리가 귀청을 파고들었다.

불현듯, 왕은 열여덟 살 이후 궁궐 밖 서촌에서 살던 왕제 시절 이 떠올랐다. 그때는 아무 희망이 없었다. 배다른 동생으로서 늘 생명의 위험이 도사리고 있었다. 종친은 궁궐과 멀리 떨어져 사는 것만이 살아남을 수 있는 길이라고 생각했다. 그때 인왕산 골짜기에서 밤마다 들려오던 두견새 소리가 젊은 그를 잠 못 들게 했다. 오늘 저 소리처럼 가슴을 후벼파는 불안한 밤이었다. 그때 옆자리에서 생각 없이 새근새근 잠들어 있던 왕제비(王弟妃)였던 그녀, 그녀의 따뜻한 체온에 살을 붙이고 잠을 청하려 해도 좀처럼 잠이 오지 않던 밤이었다. 그런데 오늘 밤은 왠지 그 따뜻했던 체온이 그리워졌다. 왕은 슬그머니 기수를 걷고 일어나 옆방에서 숙직 중인 상선을 불렀다. 왕은 야장의를 벗고 심의만 걸친 채 침실을 나왔다. 잠시 후 왕의 발끝을 비추는 불빛이 내전 침소에서 걸어 나왔다. 대전내관이 등롱을 들고 왕의 왼쪽 곁에서 한 발짝쯤 뒤떨어져 걸었다.

"오늘도 소의마마 처소로 납시는지요."

왕이 갑자기 걸음을 멈췄다. 뒤따르던 내관과 상궁들도 동시에 따라 멈추었다. 왕은 잠시 멈칫하더니 발길을 돌리며 말하였다.

"오랜만에 오늘은 중궁전에 들러봐야겠다."

내관과 상궁들이 어리둥절하여 잠시 술렁거렸다. 하지만 왕은 이미 대조전 쪽으로 발길을 향하고 있었다.

"중전마마께 말씀이옵니까?"

등롱을 든 상선이 잘못 들었나 싶어 다시 아뢰었지만 왕은 대답하지 않고 '끙' 하고 헛기침을 내뱉었다. 등롱 방향을 바꿔 잡은 상선이 왕의 왼편으로 돌아와 다시 섰다. 왕의 뒤로는 내관과 상궁들의 긴 행렬이 이어졌다. 다행히도 대조전에는 아직 불이 꺼지지 않은 상태였다. 갑자기 들이닥친 왕의 행렬을 보고 깜짝 놀란 사람은 지밀상궁이었다. 그녀가 입을 열려 하자, 왕이 '쉬잇!' 하며 조용히 하라는 눈짓을 보냈다. 당황한 상궁과 궁녀들이 한꺼번에 일어나 인사를 올리는 바람에 발들이 꼬여 엎어지고 자빠지며 잠시 소란이 일었다. 그래도 왕은 빙그레 미소를 띠며 복도를 걸어갔다. 허리를 숙인 채 안절부절못하는 상궁과 나인들 사이로 걸어가는 왕의 발걸음이 가벼웠다. 새앙쥐처럼 조용조용 발소리를 죽여가며 걸었다. 왕비 침소를 몇 발짝 앞두고 갑자기 멈춰선 왕의 발걸음, 침소로 들어가려던 왕이 열린 문틈으로 방 안을 빼꼼히 들여다보았다. 하얀 족건(足件)을 신은 자그마한 발이 멈칫하고 그만 멈춰 섰다. 왕은 더 이상 앞으로 나아가지 못했다. 탁자 위에 두 개의 촛불만 밝혀진 어두컴컴한 침소 안에서 누군가와 마주 앉아 이야기를 주고받는 것처럼 말소리가 흘러나왔다. 격자 창호에 선명하게 그림자가 비추었다. 백라주렴 너머로.

"그래, 옛날 옛적에도 돼지 같은 임금이 있었지. 조강지처인 중전을 유폐시키고 자꾸 어린것들을 후궁으로 들여 새장가를 드는 놈. 그런 놈은 꽥 소리도 못하게 불알을 까버려야 해."

한창 그림자극(皮影戲)에 빠진 왕비가 실감나게 대사를 치는 바람에 긴 복도를 걸어오던 왕의 발소리를 듣지 못하였다. 매일 밤 적막강산에 싸여 중궁전을 지키던 왕비는 어느 날인가부터 중국에서 들어온 그림자 연극에 푹 빠져 살았다. 종내는 직접 쓴 연극 대본을 들고 밤마다 종이인형극을 연출하며 대사도 직접 치는 것이었다.

"그 돼지 같은 놈, 임금이 날이야······."

왕비의 목소리가 장지문을 넘어 복도까지 흘러나왔다.

발걸음도 가볍게 사뿐사뿐 긴 복도를 걸어오던 왕의 발걸음은 더 이상 발짝을 떼지 못했다. 방문 앞에서 얼어붙어버리고 말았다. 장승처럼 한참을 서 있던 왕은 조용히 왔던 길을 되짚어 돌아갔다.

투계(鬪鷄)의 전설

"오늘은 내 저놈의 목을 요절내고 말 것이다."

칼을 갈던 이씨는 손끝에 칼날을 쓱쓱 쓸어보며 중얼거렸다. 어제 아침 분기(憤氣)가 아직도 풀리지 않은 모양이다. 모이를 주러 닭장에 들어갔던 아내가 비명을 지르며 뛰쳐나왔다. 하지만 벌써 종아리엔 피가 흐르고, 신발 한 짝도 벗겨진 채 맨발로 뛰었다. 그놈이 또 아내의 종아리를 쫀 것이다.

귀농한 지 3년차인 이씨네는 작년 봄에 집을 지었다. 박달산 기슭에 터를 잡아 벽돌집을 짓고 마당 귀퉁이에 조그만 닭장도 붙여 지었다. 노란 병아리 열두 마리를 사다 키웠는데 세 마리는 죽었고 두 마리는 살쾡이에게 물려갔다. 나머지 일곱 마리 중 암탉이 여섯이고 수탉이 한 마리였다. 6 : 1의 성비가 가금류의 황금 비율인 양 한 우리에서 잘 자랐다. 가을부터는 알도 낳기 시작했다. 금방 낳은 따뜻한 유정란을 받아 먹는 재미가 쏠쏠했다. 아토피를 앓고 있는 아이들에게도 마음 놓고 먹일 수 있어서 일곱 마리 모두를 씨닭으로 삼기로 하고 애지중지 키워왔다.

그토록 평화롭던 이씨네 닭장에 수탉 한 마리가 새로 들어오며 평화의 공조가 깨졌다. 먼저 귀농해서 이씨네를 불러 내린 장 선배가 더 이상 농촌 생활을 견디지 못하고 다시 서울로 돌아가면서 닭 한 마리를 맡기고 갔다. 놈은 이 집에 오는 첫날부터 말썽을 피웠다. 초등학교 2학년짜리 둘째 아들의 볼을 찍어 상처를 낸 것이다. 주인을 잃고 환경이 바뀌어서 예민해져 그렇겠거니 하고 측은히 여겼다. 다른 놈보다 모이도 많이 주고 홰도 따로 마련해주며 특별대우로 보살폈다. 그런데 놈은 점점 더 가관이었다. 아예 제 놈이 주인인 양 터줏대감 수탉을 암탉 근처에도 못 가게 막았고 털을 뽑아 중대가리를 만들어놓았다. 걸핏하면 날개로 돌풍을 일으켜 구석으로 몰아붙이고 대가리를 쪼아댔다. 처음엔 제법 대거리를 하던 터줏대감 수탉도 볏을 갈기갈기 찢겨 피를 흘리고는 놈을 피해 감나무 위로 올라가버렸다. 암탉 여섯 마리를 제 놈 혼자 거느리고 이제 제왕 노릇을 한다.

놈은 날개의 힘뿐만 아니라 목청도 대단했다. 고요하기만 하던 박달산 골짜기를 쩌렁쩌렁 뒤흔들었다. 농사일에 지쳐 곯아떨어진 농부들 새벽잠을 무참히 깨웠다. 몇몇 노인들은 노골적으로 마땅찮은 기색을 드러내며 닭장 주위를 맴돌며 암시를 주었다. 강 건너 10리 밖까지 울음소리가 들린다며 괴소문이 퍼져갔다. 놈의 울음소리를 자세히 관찰한 어떤 이는 요괴(妖怪)일 가능성이 높다 하며 의문을 갖고 찾아오기까지 했다. 목소리만 우렁찬 게 아니라 생김새도 기생오라비처럼 늘씬하게 빠졌다. 기다란 목에 붉은 벼슬이 성스러운 관(冠)을 쓴 듯 위엄까지 서려 보였다. 목덜미 깃털에서부터 흘러내린 윤기가 꽁지까지 잔물결이 흘렀다.

심성 여린 이씨는 수탉 때문에 고민이 많았다. 놈을 어떻게 할 것인가? 그러나 지금은 단호하게 마음을 굳혔다. 아침부터 아내의 종아리에 피를 낸 놈을 절대로 용서할 수가 없다며 칼을 가는 어깨에 힘이 잔뜩 들어가 있다. 아내의 늘씬한 각선미에 반해 프러포즈를 했던 이씨는 그것만은 참을 수 없다며 노기등등했다. 그는 서울 사는 큰동서를 불러 내렸다. 토요일 정오쯤에 도착한다는 전화를 받고 물을 끓이고 칼을 가는 중이다. 올해 환갑을 넘긴 큰동서는 농촌 출신이어서 닭을 많이 잡아보았다고 한다.

큰동서 김씨가 닭장에 들자 놈이 구석으로 피하며 바로 꼬리를 내렸다. 단번에 놈을 낚아챈 김씨는 능숙한 솜씨로 양 날갯죽지를 왼손으로 움켜잡았다. 오른손 손바닥을 세워 손바닥 칼로 척

추 급소를 내리쳤다. 탁 탁 두 번의 세례를 받은 놈이 빽 하고 단음을 내며 모가지를 떨구었다. 그렇게 꼿꼿하게 치켜들고 목청을 높이던 모가지가 서리 맞은 풀잎처럼 힘없이 꺾였다. 펄펄 끓는 물이 마당의 수돗가로 날라져왔고 잘 벼린 칼도 준비되었다. 김 씨는 축 늘어진 닭의 모가지에 칼날을 예리하게 날렸다. 대가리가 툭 잘려나가는 순간 아뿔사! 푸드득! 몸을 일으킨 놈이 대가리 없는 모가지를 치켜들고 비호같이 마당을 가로질러 탱자나무 울타리에 몸뚱이를 처박았다. 다시 벌벌 떨며 일어나 몇 발짝을 걸어가 짚가리에 모가지를 쑤셔 박고 버둥거렸다.

그날 저녁 오가피 백숙으로 식탁에 올려진 놈은 진한 냄새를 피웠다. 누런 기름이 둥실둥실 뜬 국물에 기골이 장대하고 때깔 좋은 놈이 반쯤 잠겨 있었다. 그러나 아무도 젓가락을 대지 않았다. 열무김치에만 젓가락이 부지런히 오갔다. 그때 서울의 장 선배에게서 전화가 왔다. "아! 내 닭 잘 키우고 있제? 연말에 청송에서 열리는 닭쌈 경기에 출전시킬 놈이야, 그때까지만 좀 잘 키워주게나. 그래 봬도 그놈이 족보 있는 투계야." "아! 그러면 선배! 진즉 쌈닭이라고 말씀해주셨어야죠. 하도 사람을 찍고 우리 닭들을 못살게 굴어서 오늘 그만 잡아……" 이씨는 더 이상 대답을 못하고 담배에 불을 붙였다. 두터운 입술로 첫 모금을 깊게 빨아들이며 전화를 끊었다.

이씨는 밤이 깊도록 큰동서와 술잔을 주고받았다. 자정 넘어까지 술자리가 이어졌다. 거실 바닥에 시나브로 쓰러진 이씨가 빈잔을 손에 든 채 잠이 들었다. 이따금 코고는 소리와 함께 이씨의 손이 허공을 휘저었다. "안 돼! 안돼! 그것만은 절대로 안 돼! 이놈아!" 하며 잠꼬대를 했다. 꿈결이 길어지는지 이번엔 뿌드득 이빨까지 갈았다.

······햇살 좋은 하오, 이씨는 평상에서 아내와 커피를 마시고 있었다. 꽃무늬 프린트 치마를 입은 아내는 맨발에 슬리퍼를 신고 평상에 걸터앉아 강낭콩을 까고 있었다. 종아리가 보일 듯 말 듯한 집시치마였다. 몸이 약한 아내는 헐렁한 집시 스타일 옷을 즐겨 입었고 평상에 앉아 해바라기하기를 일과처럼 즐겼다. 그런데 난데없이 탱자나무 울타리에서 수탉 한 마리가 쏜살같이 달려나와 아내의 치마 속으로 파고들었다. 대가리 없는 모가지를 치켜들고 붉은 피를 뚝뚝 흘리면서······.

이씨가 빠드득 빠드득 이빨을 갈며 크게 발길질을 치는 바람에 발밑에 있던 막걸리 주전자가 나동그라져 거실 바닥 무늬목에 술이 흥건히 배어들었다.

헛기침을 하며 마당으로 나온 이씨는 수도꼭지를 틀고 찬물을 벌컥벌컥 들이켰다. 백숙이 든 솥을 들고 나와 채마밭을 파고 고기를 묻으며 혼잣말로 중얼거렸다. "그러면 그렇지, 종자의 기질이 분명한 놈이었는데, 참으로 아깝네……."

고요한 박달산 기슭엔 보름달이 높이 떠 정점을 지나고 있었
다.

4

탱자나무집
계집애

섣달 그믐날

#1

섣달 그믐이었다.

세찬 눈발이 좀처럼 그칠 기미를 보이지 않는다. 어스름이 내리면서 눈발의 형체는 강한 사선을 그으며 내리꽂혔다. 오후 내내 차부 주변을 서성이던 그녀의 얼굴은 이제 톡 건드리기만 해도 울음을 터뜨릴 표정이다. 잔뜩 눈물을 머금은 눈망울이 시리도록 투명했다. 어둠이 내리기 전에 10여 리나 떨어진 수리미재를 넘어가야 하는데. 그녀는 몹시 애가 타는지 입술을 앙다물고 줄곧 제자리걸음을 치고 있다. 막차가 들어오고도 벌써 반 시간이 더 지났다. 더 이상의 차편은 없다고, 차부 아저씨는 그녀에게 어둡기 전에 고개를 넘어가라고 재촉한다. 그래도 그녀는 "언니가 꼭 올 건데요."라며 발을 동동 구르고 서 있다. 이제 발가락도 호주머니에 찔러 넣은 손가락도 감각이 없다. 아픈 건지 시린 건지 구분이 가지 않는다. 이 혹한에 대여섯 시간을 밖에서 떨었으니 오죽했으랴. 온통 눈 속에 갇혀버린 세상은 차부조차 길을 잃고 외딴섬처럼 떠 있을 뿐이다.

#2

아침 7시에 용산역을 출발한 호남선 완행열차는 간이역 하나도 빠뜨리지 않고 꼬박꼬박 정차하여 사람들을 내려놓건만 기차 안은 여전히 콩나물시루다. 서대전역을 지나고 진잠을 지나면서 봉자는 내릴 준비를 시작했다. 아직 키가 덜 자란 봉자는 2센티가 모자라 대전에 있는 방직공장도 못 들어가고 영등포에 있는 나일론공장의 시다로 들어갔다. 그것도 나이를 속이고. 봉자는 재봉 기술을 남들보다 빨리 익히려고 틈 나는 대로 미싱에 매달려 버려진 천조각을 박음질해보았다. 기숙사에서 생활하는 그는 퇴근 후 공장에 몰래 숨어들어가 전등불을 가리고 밤늦도록 자투리 천을 이어 속치마를 만들고 덧신도 만들어서 동생들 옷가지를 준비했다. 식구별로 나일론 양말도 한 켤레씩을 샀고.

연산역까지는 아직 두어 구역을 남겨둔 상태였지만, 송곳 하나 꽂을 틈 없이 빼곡히 들어찬 인총들로 한 발짝도 뗄 수 없었다. 그래서 미리부터 서둘렀다. 봉자가 커다란 보따리 두 개를 들고 씨름하자 옆자리에 앉은 중년 아저씨가 "아가씨, 우선 몸이라도 빠져나가요. 내가 창문으로 보따리를 내려줄 테니.” 하고 보따리를 받아들었다. 봉자는 고맙다는 인사를 몇 번이고 하면서 “아저씨 개태사 지나고 연산에서 내려주세요.” 하고는 핸드백 하나만 달랑 메고 앞으로, 앞으로 또 전진해갔다. 젖 먹던 힘까지 다해 완강한 인총 숲을 헤치고 겨우 출입문 앞까지 진출했다. 이제 개태사역만 지나면 곧바로 연산역이다. 개태사에서도 예닐곱 명이 내렸다. 덜커덩 하고 기차가 출발 신호를 내며 두 바퀴쯤 굴렀을 때, 중년 아저씨는 창문 밖으로 보따리를 잽싸게 떨어뜨렸다. 아뿔싸! 연산역은 다음인데……. 분홍색 보자기로 싼 선물 꾸러미 두 개가 나란히 철로 옆에 떨어져 눈발 세례를 받으며 멀어져갔다. 기차는 미련 없이 기적을 울리며 황산벌 산모롱이를 휘돌아가고.

#3

차부에도 문을 닫은 적막한 시각. 눈발은 세상을 삼켜버릴 것처럼 맹렬히 퍼부었다. 남폿불마저 꺼져버린 차부를 그녀 혼자 지키고 서 있다. 길도 없는 눈 속을 뚫고 트럭 한 대가 달려왔다. 구린내가 진동하는 돼지를 실은 트럭이었다. 조수석 옆자리에 쭈그리고 앉아 있던 소녀가 문을 열고 펄쩍 뛰어내렸다. 안고 있던 새끼 돼지를 운전수에게 건네주고는 폭설에 양돈 축사가 무너져

돼지들을 긴급 이동시키는 트럭을 우여곡절 끝에 얻어 타고 온 것이다. 그녀는 언니의 손에 아무것도 들려 있지 않은 것을 보고 참았던 울음을 터뜨렸다. 언니는 선물 꾸러미를 잃어버린 시간부터 내내 울어서 이미 눈물이 말라버린 상태였다.

#4

서로 손을 꼭 잡은 두 자매는 신해년(辛亥年) 섣달 그믐 밤을 걸어 수리미재를 넘고 있다. 칠흑 같은 어둠 속에 멀리 호롱불 하나가 잠들지 않고 샛별처럼 깜박깜박 반짝였다.

그 어쩔 수 없던 봄밤

장날, 봄밤이었다.

그악스럽게 울어대던 개구리 울음소리가 딱 그쳤다. 신작로에 납작 엎드려 귀를 갖다 대면 질딱! 질딱! 그의 발짝 소리가 점점 가까워지고 있었다. 호기심 덩어리인 계집애들은 숨을 죽이고 논두렁 밑에 쪼그려 앉았다. 그의 청력은 동물적 감각을 지녀 먼 데의 소리도 관박쥐처럼 잡아낸다. 인기척이 조금이라도 들릴라치면 멈춰 서서 오지 않거나 다른 길로 내빼버린다.

그는 장마당이 파하고 사람들이 눈에 띄지 않아야 길을 나섰다. 40여 리를 걸어가야 하는 그의 귀갓길은 늘 순조롭지 못했다. 어둠 속의 그가 희미한 그림자를 끌며 수리미재를 넘어 박석골 개울을 지나 10여 미터쯤 앞으로 다가올 때까지는 콧구멍도 벌름거려서는 안 된다. 기척도 내지 않고 숨었다가 일순간에 도깨비처럼 튀어나와 길을 막으면 그도 별수 없이 속아 넘어간다. 아이들의 지능은 나날이 영악해졌고 그의 피난 방법도 점점 비범해졌다. 보리밭 고랑에 몸을 숨겼던 아이들이 줄줄이 기어 나와 신작로를 막아선다. 서로 팔을 엮어 한 줄로 울타리를 치듯 스크럼을 짜고, "별 따먹어라!" 하고 외치면 그는 꼼짝없이 멈춰 서서 하늘의 별을 따먹는다. 그럼 아이들은 주저함 없이 다음 단계로 돌입한다. "아저씨, 꼬추 없다, 꼬추는 어디로 갔나? 서울에 갔나? 평양에 갔나? 줄행랑 쳤나?" 하며 노래를 부르면 그는 바지춤을 내리고 시커먼 물건을 꺼낸다. 계집애들은 자지러지며 "에게게! 에게게! 탱자보다도 작네." 하고 놀려대면 그는 물건에 힘을 가한다. 젖 먹던 힘까지 끙끙 힘을 가하지만 야속하게도 물건엔 조금도 변화가 없다. 실망에 찬 계집애들은 마지막 단계로 종말을 알린다. "아저씨 성이 뭐더라?" 하고 합창으로 외친다. 그는 "부여서씨유." 하고 재빨리 대답한다. 그래야 통과의례가 빨리 끝난다는 것을 그도 알고 있으니까. 이제 스크럼을 짰던 아이들이 팔을 풀고 길을 열어준다. 희끗희끗한 긴 머리카락을 날리며 그의 발걸음이 빨라진다. 찔딱 찔딱 찔딱 그가 저만큼 멀어질 때까지 아이들은 "별 따먹어라! 별 따먹어라!"를 외치고 그는 계속 팔을 뻗어 하늘의 별을 따먹으며 도랫말 모퉁이로 사라진다.

낮게 뜬 상현달이 서녁 하늘에서 빙그레 웃는 봄밤, 여남은 살배기 계집애들은 통과의례를 끝내고 마을로 돌아오며 무논의 개구리들처럼 깨굴깨굴거린다.

양촌, 논산, 연산, 마산, 강경의 오일장을 눈이 오나 비가 오나 순회하던 별따배기 연무대 사람 서씨는 지금도 별을 따먹을까? 그리고 그녀들은 어디서 무얼 하며 살까? 그중에 제일 호기심 많았던 탱자나무집 계집애는 작가가 되어 '그 어쩔 수 없던 봄밤'의 얘기를 우려먹고 있다.

독한 년

#1 햇볕은 쨍쨍 모래알은 반짝

그야말로 땡볕이었다. 며칠째 쨍쨍 내리쬐는 불볕에 신작로가 자글자글 끓고 있었다. 숨이 턱턱 막히는 늦더위 햇볕을 이고 예닐곱 명의 계집애들이 제 키보다도 작아진 그림자를 끌며 신작로를 걷고 있다. 계집애들 머리 위에는 하나같이 오동나무 이파리 두 장씩이 씌워져 있다. 햇빛 가리개용으로 나뭇잎 모자를 만들어 쓴 것이다. 꼭뒤에서부터 흘러내린 땀국이 목덜미를 타고 졸졸 흘러 난닝구 속으로 배어들었다. 새까맣게 그을린 얼굴에선 어둠 속의 고라니들처럼 눈동자만 반짝반짝 빛났다. 먼지조차도 일지 않는 한낮 신작로를 따라 그녀들은 산모퉁이로 사라졌다.

#2 해야 해야 나와라 김칫국에 밥 말아먹고 장구치고 나와라

도랫말 수심보에 도착한 계집애들은 누가 먼저랄 것도 없이 풍덩풍덩 물속으로 뛰어들었다. 땀국으로 전 옷을 여기저기 던져놓고 알몸으로 뛰어들었다. 숙경이도 검정 구루마스*와 난닝구를 벗어 자갈 위에 펼쳐놓고 맨 꼴찌로 뛰어들었다. 수심보는 농수로로 물을 보내기 위하여 보를 막아놓은 수심이 꽤나 깊은 곳이었다. 사시장철 시퍼런 물이 출렁거렸고 물숨구멍이 있다고 소문난 곳이기도 했다. 뱅뱅 휘도는 물결을 따라가다 보면 어느 지점부터는 갑자기 급물살로 소용돌이치며 빨려들어가는 숨구멍이 있었다. 구멍은 지하 깊은 곳으로 연결되었고 그 소용돌이에 빨려들면 흔적도 없이 사라진다고 했다. 그곳에 물귀신이 산다고 했다. 실제로 이곳에선 2, 3년이 멀다 하고 익사 사고가 발생하였다. 아이들끼리 물놀이를 가면 물귀신이 잡아간다고, 어른들은 잔뜩 겁을 주기도 했다. 영악한 계집애들은 그 숨구멍이 어디쯤에 있는지 다 알았다. 그래서 암벽 밑에 물돌이가 휘몰아치는 근처엔 얼씬도 하지 않았다. 얕은 곳에서 멱을 감았고 다슬기를 잡았다. 멱을 감다 지치면 다슬기를 잡았고 다슬기를 잡다 지치면

----

* 검정색 광목(廣木)으로 고무줄을 넣어 만든 운동회 때 입던 팬츠. 원래는 '블루머(bloomer)'인데 일본식으로 발음이 변형되어 '부루마스'가 되었고, 필자의 어린 시절에는 입에 붙는 대로 '구루마스'라고 불렀음.

물장구를 쳤다. 그렇게 한참을 놀다 보면 입술이 애가짓빛으로 변했고 몸이 오돌오돌 떨렸다. 그러면 물 밖으로 나와 강변에 쭐쭐이 늘어서서 몸을 말렸다. 잠깐 사이 흘러가는 뭉게구름이 그림자라도 드리우면 계집애들은 해를 불러내는 노래를 불렀다. 양손으로 볼기짝을 치며 장단 맞춰 합창을 했다.

"해야 해야 나와라, 김칫국에 밥 말아 먹고, 장구 치고 나와라"

이미 태양이 서쪽으로 기울기 시작한 시각이었다. 몇 차례 물밖을 넘나들던 아이들은 이제 배가 고팠다. 따뜻하게 달궈진 돌멩이 두 개를 양쪽 귀에다 대고 왼쪽 오른쪽으로 기울이며 귓속 물을 빼는 시간이었다. 그러면 귓속에서 또르르 소리가 났고 먹먹했던 귀가 뚫렸다. 귓속으로 들어갔던 물이 용케도 마른 돌멩이에 묻어 나왔다.

#3 난감한 상황

저녁 해가 이울고 집으로 돌아갈 시간이다. 근데, 이게 어찌 된 일인가. 얌전하게 벗어놓았던 숙경의 구루마스가 없어졌다. 난닝구는 그대로 펼쳐져 바짝 말라 있는데 아랫도리 팬츠가 없어진 것이다. 혹시 바람에 날아갔나? 아이들이 총동원되어 멀리까지 찾아보았으나 어디에도 없었다. 감쪽같이 구루마스만 사라진 것이다. 여덟살배기 숙경은 난닝구 한 장에 치마도 없이 달랑 구루마스 하나만 입고 왔었다. 이를 어쩌면 좋을까! 어린것들이 머리를 맞대고 궁리를 해봤지만 묘책이 없었다. 이제 아이들 뱃속에서 꼬르륵 꼬르륵 소리만 들렸다. 더 이상 배가 고파 참을 수가 없었다. 숙경은 난닝구를 얼마나 잡아 늘였던지 아랫도리가 가까스로 가려지긴 했다. 하지만 먼 신작로를 걸어가 아래뜸을 지나 중뜸에 있는 숙경이네 집에까지 가는 길은 불을 보듯 뻔했다. 길게 뻗은 동네 고샅마다 남자아이들이 나와 놀고 있을 테고…… 팬츠가 없는 그를 발견하면 평생 놀림감이 되는 것은 물론이고 학교까지 소문이 퍼져 창피해서 학교도 못 다닐 형편이 될 것이다. 아무리 머리를 짜내도 방법이 떠오르지 않았다. 숙경은 단호하게 결심을 내렸다. "너희들은 이제 돌아가. 난 여기서 산을 넘어 우리집으로 갈 거야." 숙경이네 집은 산 밑에 울타리를 대고 있었다.

#4. 아, 아찔한!

숙경은 혼자 산을 타기 시작했다. 길게 늘여진 난닝구로 아랫도리를 아슬아슬하게 가리고……. 빽빽이 우거진 녹음을 뚫고 어디까지는 전진했다. 한데, 맨살 허벅지가 따끔거리더니 어느 순간 불침을 맞은 듯 화끈거리기 시작했다. 이것은 여덟 살배기 여자아이가 견딜 수 있는 고통이 아니었다. 독이 오를 대로 오른 풀쐐기에 쏘였던 것이다. 아랫도리가 급방 바늘 히니 꽂을 데 없이 콩타작을 해놓은 것처럼 부풀어 올랐다. 한데 말벌까지 윙윙거리며 그녀를 바짝 쫓아왔다. 숙경은 그 몸으로 어떻게 산마루까지 올라챘을까. 이제 내려가기만 하면 될 터인데, 때맞춰 해가 꼴딱 떨어졌다. 설상가상으로 온몸이 불덩이처럼 달아올라 더 이상 발걸음을 뗄 수 없었다. 여전히 길은 보이지 않았다. 아직도 귓속에서는 말벌이 윙윙거렸고, 억새에 베이고 가시에 긁힌 다리는 피투성이가 되어 엉망진창이 되어버렸다. 그때, 멀리서 "숙경아!" 하고 부르는 희미한 소리가 들려왔다. 아버지 목소리였다. 천신만고 끝에 숙경은 아버지 등에 업혀 산을 내려왔다. 그리고 사흘 동안 혼수상태에 빠져 잠만 잤다.

#5.독한 년

　사흘 만에 눈을 뜬 숙경이 엄마가 떠먹여주는 미음을 받아먹고 있다. 두어 숟갈 미음을 떠 넣어주던 엄마가 눈을 흘기며 욕을 했다. "독한 년, 체면 때문에 어린 년이 겁도 없이 혼자 산을 탈 결심을 해. 그 산에 독사가 얼마나 우글거리는지 알기나 하고. 아이고, 십년감수했지. 독한 년!" 풀쐐기 독침보다 더 섬뜩한 느낌은 억새가 맨살을 긋는 것이었다, 사그락 하고. 숙경의 팔에 오소소 소름이 돋더니 몇 모금 받아 삼킨 미음을 다시 토하고 만다. 그녀의 껌정 구루마스는 도대체 어디로 사라진 걸까?

진눈깨비로 인하여

아침부터 세찬 눈발이 날렸다. 하지만 곧 녹아버리는 진눈깨비였다. 숙경의 시선이 줄곧 동구 밖 먼 고갯길에 쏠려 있다. 잿빛 승복에 바랑을 메고 수리미재를 넘어오는 이가 있는지 눈이 빠지게 기다렸다. 오늘은 숙경이 집을 떠나기로 한 날이다.

숙경은 어제 초등학교 졸업장을 받았고 아직 중학교 입학 전이었다. 그의 아버지가 살아 계실 때부터 그 집에 드나들던 한 여승이 있었다. 스님이 그 동네로 시주를 나오면 숙경이네 사랑방에서 하룻밤을 묵어 갔다. '문화 유씨' 같은 성받이라고 반갑게 맞아주었기 때문이다. 숙경의 아버지가 살아 계실 땐 시주도 넉넉하게 했다. 계룡산 자락 개태사 어느 암자에서 왔다던 중년의 비구니는 정말로 독경 소리가 청아했다. 푸른 새벽부터 일어나 찬물에 세수하고 무릎을 꿇고 앉아 염주를 돌리는 모습은 참으로 단아해서 선계(仙界)에서 내려온 선인 같았다. 숙경이도 독경을 따라하고 싶어졌다. 온 가족의 이름을 하나하나 올려가며 축수하는 모습이 정성 가득했고 병환이 깊은 그 집 가장을 위해서도 오래도록 기도했다. 그리고 나비처럼 가벼운 몸짓으로 백팔배를 올렸다. 한데, 기도의 효험도 없이 그 집 가장은 세상을 떴다. 서른아홉 과부에게 눈망울이 초롱초롱한 아이들이 쫄쫄이 딸려 있었다. 그중에 셋째인 숙경이 유난히 눈망울이 검고 총명해 보였다. 이 여섯 아이들을 먹이고 입히고 공부시키기에 턱없이 부족한 형편이란 것을 스님은 알고 있었다. 셋째 숙경을 당신이 데리고 가서 공부를 시키면 어떻겠냐고, 슬쩍 속내를 드러냈다. 중학교도 보내고 불교 공부도 시키면서 나중에 뜻이 있으면 불교대학까지도 보낼 수 있다는 제안을 해왔다. 그래서 숙경이 초등학교를 졸업하는 다음 날 데리러 오기로 약속했던 것이다. 한데, 해가 저물고 진눈깨비가 그칠 때까지도 스님은 오지 않았다. 숙경은 어젯밤에 싸놓은 보따리를 만지작거리며 하루해를 보냈다. 어린 맘에 애가 타서 혓바늘이 돋아 밥도 먹지 못하면서도 엄마에겐 내색하지 못했다. 집안 형편상 자기가 떠나야 할 적임자라는 것을 잘 알기에……

아침 일찍 암자를 내려오던 스님은 살짝 얼어붙은 비탈길에서 미끄러져 낭떠러지로 굴러떨어졌다. 엉덩이 꼬리뼈가 부서지고 발목을 삐는 중상이었다. 한 발짝도 옴짝달싹할 수 없는, 암자로 다시 올라갈 수도 내려갈 수도 없는, 참담한 지경에 처했다. 그런데, 때마침 토끼 올가미를 살피러 온 밀렵꾼에게 발견되어 구사일생으로 살아났다. 발목에 깁스를 하고 반 년 만에 병원에서 퇴원한 스님이 다음 해 봄 숙경이네 집으로 찾아왔다. 숙경은 중학교 2학년이 되어 있었다.

그날, 내린 진눈깨비로 인하여 불교 입문이 무산된 숙경은 현재 가톨릭 신자가 되어 '로사'란 세례명으로 살아가고 있다.

살비듬

(어느 병원 피부과에서)

명의 : 유경님은 어디가 불편해서 오셨어요?

니탓환 : 의사 선생님, 이무기와 오랫동안 동침하다 보니 제 몸에 비늘이 돋나 봐요. 자고 나면 침대 시트에 허연 비늘이 수북이 떨어져 있어요.

명의 : 그 이무기와는 몇 년 동안이나 동침을 하셨죠?

니탓환 : 올해로 34년째지요. 혹시, 제 몸도 이무기로 변종되어 가고 있는 것은 아닌지? 선생님, 무서워요.

명의 : 유경님, 목욕은 언제 하셨죠?

니탓환 : 달포 전쯤에요.

명의 : 살비듬이에요, 살갗 껍질요. 아무 염려 마시고 가서 따뜻한 물로 자주 목욕을 하세요, 그것도 전신욕으로요. 본디 허물

많은 인간이 허물을 많이 벗죠. 매일매일 하라구요, 그 허물 벗기기를…….

탱자나무 가시는 제 살을 찌르지 않는다

로댕갤러리에 갔었다, 땡볕 쏟아지던 한낮이었다. 작열하는 칠월의 태양과 전시회 제목이 그럴듯하게 맞아떨어졌다. '사랑과 열정의 서사시 로댕과 지옥의 문'이란 벽보의 고딕체 광고 문구가 강하게 구미를 당겼다. 땀을 뻘뻘 흘리며 전시장에 들어서는 순간 그녀는 가슴이 서늘하게 오그라드는 느낌이었다. 아니, 얼어붙었다고 할 정도로 오금이 저려 옴짝달싹 한 발짝도 뗄 수 없는 이상한 현상이었다. 시커먼 청동 조형물이 출입구 쪽에 떡 버티고 있었다. 적나라한 군상들이 격렬한 몸짓으로 지옥문에 매달려 있었다. 그들 중 어딘가에 그녀의 미래상과 과거의 흔적도 박혀 있을 것만 같았다. 음습한 기운이 전시 공간을 장악했다.

로댕의 〈지옥의 문〉은 그가 죽을 때까지도 완성하지 못했던 작품이었다. 단테의 『신곡』 중 지옥편을 토대로 한 200여 개의 군상으로 만들어진 로댕 최고의 걸작이면서도 미완으로 남겨진 작품이었다. 끊임없는 고뇌의 소용돌이, 그칠 줄 모르는 육욕과 탐욕의 구렁텅이에서 허우적거리는 인간들의 현주소가 리얼하게 그려진 현대적 대서사시였다. 그 가운데 오른팔로 턱을 괴고 앉아 깊은 사색에 잠긴 듯한 조각상이 바로 로댕 자신의 모습, 〈생각하는 사람(The Thinker)〉이다. 그는 이 작품의 군상을 이끄는 창조자로 자리한 것일까. 마지막 생명줄을 놓을 때까지도 고뇌의 실마리를 풀지 못해 작품 속에 영원히 갇혀버린 망령이던가.

독특한 짜임새의 기획 연출이 작품들을 더욱 돋보이게 했고 서사적 분위기로 이끌었다. 아담으로부터 시작되어 〈허무한 사랑〉과 〈입맞춤〉 등으로 대표되는 '육욕과 에덴동산'(아침)을 지나 〈탕아〉와 〈순교자〉가 있는 '지옥의 저주'(저녁)으로 이어졌다. 그리고 로댕의 자화상 〈생각하는 사람〉과 청동 주조 모형이 있는 작가의 아틀리에로 이르면서 긴 여정이 끝났다. 시간의 흐름에 따라 서서히 서사적 분위기에 젖어들도록, 새벽에서 저녁까지를 아슴푸레한 빛으로 처리한 효과 또한 연출자의 안목을 짐작케 하는 전시였다.

섬뜩한 지옥문을 지나 〈허무한 사랑〉 앞에 선 그녀는 오래도록 발이 묶였다. 왠지 가슴 깊은 곳을 날카로운 가시에 찔린 듯 발길음이 떨어지지 않았다. 지금 막 사랑 행위가 끝난 순간, 알몸의 남녀는 서로 등을 돌린 채 절망적인 포즈를 취하고 있다. 절망 가득한 눈빛의 여인이 그녀에게로 비틀거리며 걸어 나왔다. 로댕과 연인 사이였던 그녀는 카미유 클로델. 그녀는 여인의 손을 잡아주었다. 로댕의 조수이면서 연인이었던 불행한 삶을 살았던 여자. 뛰어난 재능과 열정으로 로댕을 사로잡았던 여자. 젊고 발랄한 미술 생도였던 카미유 클로델은 의욕이 넘쳐났다. 하지만 사랑은 그녀 곁에 짧게 머물렀고 긴 아픔 속에다 가둬버렸다. 재기 넘치던 창작욕과 젊음을 송두리째 로댕에게 빼앗기고 정신병원에 갇혀 죽어갔던 여자였다. 그들의 사랑 역시도 허무한 것이 되고 말 것임을 예견이라도 하였던가. 저 조각품을 빚어놓고 그들 또한 쓸쓸히 사랑을 끝냈으리라. 애증으로 남은 그들의 관계가 청동상으로 굳어져 오래도록 죗값을 치르고 있는 것은 아닌지!

그녀는 반나절 동안 전시장을 구석구석 둘러보았지만 공허함은 그대로였다. 정신이 몹시 허탈한 상태로 출구 쪽으로 나서는데 등짝에서 뜨끔하고 섬광처럼 후려치는 통증이 지나갔다. 늑골 거근 하나가 툭 끊어지기라도 한 듯 허리가 휘청할 정도였다. 날카로운 가시가 장기 깊숙이 쳐들어와 견딜 수 없는 통증을 유발했다. 등골에서부터 시작된 통증이 점점 앞쪽 장기로 압박해왔다.

　심장을 찌르는 듯한 이 날카로운 정체는 도대체 무엇일까? 그녀 자신도 모르게 주먹으로 가슴을 쿵쿵 짓찧고 있었다. 잠시 눈을 감고 진정 상태를 기다리는데 선명하게 떠오르는 장면 하나가 있었다. 고향집 탱자나무 생울타리였다. 길고 억센 가시가 표독스럽게 엉켜 있어도 탱자나무 가시는 절대로 제 살을 찌르지 않았다. 옆에 서 있는 나뭇가지 역시도 다치게 하는 법이 없었다. 그러면서도 고운 꽃을 피우고 향기를 내뿜으며 가을이면 알토란 같은 열매를 내놓았다. 그뿐이던가. 제 몸을 감고 올라간 호박 덩굴이 펑퍼짐한 궁둥이를 들이밀며 똬리를 틀고 눌러앉아도 넉넉하게 받아주었다. 한아름의 호박이 붉은색으로 익어갈 때까지 충실히 매달고 있었다, 마치 살붙이처럼. 탱자나무 가시는 도둑의 침입을 막는 방범용 울타리뿐만 아니라 성벽 밑에 심겨져 적병의 접근을 막는 방어용으로도 한몫을 했다. 장미 가시가 제 꽃을 보호하기 위해 독을 품었다면 탱자나무 가시는 남을 지켜주기 위해 날카로움을 지녔는지도 모르겠다. 옛사람 마르쿠스 아우렐리우스는 이렇게 말했다, '어떤 하찮은 자연도 예술보다 못한 것이 없노라'고.

　그녀는 이제 여자의 손을 놓아야 할 때다. 예술가에게는 지독한 악덕조차도 영감(靈感)의 재료로 쓰인다더니 로댕은 자기 예술을 완성하기 위해 그 자신뿐만 아니라 남에게도 상처를 찔러댔다. 전시장의 작품들이 저마다 날카로운 가시에 박혀 고통을 호소하고 있었다. 아니, 날카로운 가시가 돋쳐 벼르고 있었다. 누군가의 영혼을 깊숙이 찔러 선혈을 뿜게 할 것처럼…….

기우도(騎牛圖)

　좋은 그림은 그 속에 그윽한 향기를 지니고 있다. 그녀의 집 거실 벽에 걸려 있는 동양화 한 점도 항상 집안 분위기를 평온하게 감싸주고 있다.

　해질 무렵, 석양을 받으며 늙은 농부가 암소의 등을 타고 언덕을 내려와 귀가 하는 조선시대 풍속도다. 〈기우도(騎牛圖)〉란 제목의 이 그림은 단원 김홍도의 작품으로 〈병풍신선도(屛風神仙圖)〉, 〈선동취적도(仙童吹笛圖)〉 등과 함께 그의 기질이 잘 나타나 있는 수작으로 꼽힌다. 단원이 어사 박문수의 시를 바탕으로 해서 그렸다는 스토리텔링이 있는 그림이기도 하다.

　박문수가 암행어사 시절 남도를 감찰하고 있을 즈음이었다. 이 고을 저 고을로 봇짐을 메고 떠돌다 어느 산골마을에 당도했을 때였다. 마침 해가 꼴딱 떨어지는 무렵이었다. 배는 등짝에 바짝

달라붙었고 잠자리 또한 걱정되어 시름에 잠겨 있는데 때마침 하루 농사일을 마치고 귀가하는 노인이 언덕을 내려오고 있었다. 그 광경을 바라보면서 떠돌이 신세의 자기 한탄을 섞어 시 한 수를 읊은 것이 이 그림의 화재(畵材)가 되었다고 한다. 예나 지금이나 집은 떠나 있는 이들에게 그리움의 대상인가 보다. 처자식이 기다리고 있는 집이야말로 어머니의 품속 같은 아늑한 안식처가 아니던가.

그림을 보고 있노라면 갖가지 상상들이 그녀를 그림 속으로 끌어들였다. 어느 때는 조선시대 아낙이 되어 들일을 마치고 돌아온 남편을 위해 저녁식사를 준비하기도 하고, 때로는 당대의 풍류객 김홍도의 벗이 되어 밤새도록 묵(墨)을 함께 치기도 한다. 한편으로는 박문수의 처가 되어 조선 천지를 떠도는 지아비를 위해 정화수 한 그릇을 떠놓고 간절히 기도하는 정경부인이 되기도 한다. 어쩌다가는 길손을 맞이하는 허름한 주막의 주모가 될 때도 있다. 해거름에 남루한 옷차림으로 찾아든 나그네를 한눈에 살펴보고 단번에 암행어사임을 알아채는 산전수전 다 겪은 늙은 주모 말이다. 이렇듯 평화로운 전원 풍경의 이 그림은 그녀의 상상의 창작 공간으로서 주인공이 되게 하기도 하고 벗이 되어 고갈된 정서를 채워주거나 여유를 갖게 해주는, 그야말로 그윽한 정취와 잠향(潛香)을 품고 있는 그림이다.

그림과는 대조적으로 그녀의 집에 혹한이 몰아쳤다. 잔인한 3월이었다. 부부싸움을 하고 근 한 달이 넘도록 각방을 쓰며 그녀는 침묵 속에서 지냈다. 남자의 귀가 시간은 점점 늦어졌고 그녀는 그녀대로 안방 문을 꼭꼭 잠그고 밤을 보냈다. 부활절을 지내고도 꽃이 피는지 새가 우는지조차 모르고 동화 속 키다리 아저씨네 집처럼 냉기 속에 묻혀 있었다. 매일같이 썰렁한 문간방에서 한 남자가 잠을 자고 아침이면 말없이 나갔다.

그날도 예외 없이 남자의 귀가는 늦어지고, 심신이 지쳐버린 여자는 소파에 누워 그림을 보고 있는데 그림 속의 농부가 뚜벅뚜벅 걸어 나와 그녀에게 말을 건넨다.

"따끈한 된장찌개 맛을 본 지가 언제였는지도 모르겠소."

훌렁 벗겨진 이마와 땀에 절었을 베적삼이 굽은 등을 더욱 슬퍼 보이게 하는 허기진 모습으로 그녀를 내려다보며 하소연을 했다. 이번엔 박문수가 흐릿한 풍경 저편에서 말한다.

"여보, 지금 나는 몹시 지쳐 있소. 당신 품으로 돌아가 솜이불을 덮고 잠들고 싶소."

단원도, 완성하지 못한 붓끝을 떼면서 그녀에게 애원하듯 속삭인다.

"아내여, 당신의 깊고 아늑한 샘골에서 나온 힘이 나의 예술을 꽃피게 한 원동력이었소. 찬바람이 쌩쌩 부는 집으로 돌아갈 용기가 없어서 늦은 밤까지 주막 거리에서 방황하고 있다오."

불 꺼진 벽 저편에서 애달픈 소리들이 쟁쟁쟁 튀어나와 그녀를 향해 쏟아졌다. 오늘 낮에는 남자가 잠시 집에 다녀간 모양이다. 의료보험 카드와 약 봉지가 거실 탁자 위에 놓여 있고 안방 화장대 위에는 두툼한 편지 한 통이 놓여 있다. 남자의 신경성 위염이 또 재발한 모양이다.

"시베리아 냉기가 더 지속되다간 사람 하나 잡겠네."

그녀는 혼잣말을 중얼거리며 앞치마를 두르고 스웨터 소매를 걷어붙인다. 창문을 활짝 열어젖히고 정체된 공기를 털어낸다. 구수한 된장찌개 냄새가 집 안 가득 퍼지고 서남향의 그녀 집에 석양이 깊숙이 들어와 거실 벽에 걸린 〈기우도〉를 환하게 비춘다. 농부의 얼굴에 다시 생기가 돌고 저녁 연기가 피어나는 작은 촌락은 한없이 평화로워진다. 그녀의 손놀림도 빨라진다. 그녀는 오늘 밤 수다스런 주모가 되어 문간방 남자에게 모처럼 따뜻한 국밥 한 그릇을 팔 모양새다.

단경기(斷經期)

불화살 꽂힌 몸처럼 화들짝 달아올랐다가
뼛속 깊이 흐르던 육수를 내뿜게 하고
시나브로 꽁무니 빼는 서늘한 그대는 누구인가?

단발머리 소녀 몸에 점령군처럼 찾아들었던 월경자(越境者)
삼십육 년간 달마다 이 몸을 들락거리더니
지난 계절부터 발길을 툭 끊더라고.

이제, 〈취한 말들을 위한 시간〉*에서 무릎 푹푹 꺾이던 나귀처럼
경계를 넘어야 할 나약한 세월이 깃드는 기미(機微)인가 보오.

|||||||||
*   이란 출신이 바흐만 교바디 감독의 영화.

속살

놈이 새끼손톱만큼의 크기로 삐죽 나왔을 땐 Y는 놈을 살살 달랬다. 꽃샘추위에 아린(芽鱗)을 비집고 나온 자목련 꽃잎처럼 여리디여린 놈이라 좀 까탈을 부려도 참아냈다. 꼴찌로 나온 놈이 아흔다섯 근의 덩치를 조종하려 들었다. 걸음걸이를 조정하려 들었고 앉은 자세를 조정하려 들고 심지어는 입맛까지 떨어뜨린 고약한 놈이다. 남의 취약한 부분을 꿰뚫어 비겁하게 깐죽깐죽 갈구는 얌생이 같은 놈. 때론 제 놈도 견디기 힘들었던지 선명한 꽃물을 점점이 떨어뜨리기도 했다. 모든 신경선이 놈에게로 연결된 듯 머리카락이 쭈뼛쭈뼛 서는 아침 화장실에서의 고통은 말로 표현할 수 없었다. 극도로 예민해진 놈과 밤새 실랑이를 벌이느라 밤잠까지 설친 Y의 낯빛은 그야말로 납빛이 되고 말았다. "세상 참 많이 달라졌다. 막장 속에 갇혔던 놈이 '언어의 유희장'까지 등장하는 세상이고 보면." Y는 몹시 아니꼽다는 투다.

그래도, Y는 제 속에서 나온 살붙이라고 서너 달 동안 놈을 살살 달래고 어르며 때론 더운물로 마사지까지 해줬다. 이제 더 이상은 참을 수 없다고 손을 든 Y는 "이놈, 칼맛 좀 봐야겠다. 내일 당장 너를 단칼에 날려버릴 테니." 하더니 손에 든 핸드폰 버튼을 꾹꾹 누르기 시작했다.

"여보세요, 거기 서울 항문전문외과병원이죠? 내일 오전 중으로 예약 좀 해주세요. 치질 수술 예약요."

새끼손톱만 한 놈에게 쩔쩔매며 Y의 혹독한 하루가 또 저물어간다.

그 가을의 전설

　벌써 엿새째다. 노인이 미동도 없이 베란다에 붙어 있는 것이. 노인은 가끔씩 고개를 쭉 빼서 아파트 정문에 설치된 자동 차단기를 노려본다. 들고 나는 차량의 색깔을 확인하는 것이다. 검정색 세단이 아닌 차들은 노인의 감시망에서 금방 풀려났다. 노인은 오직 검정색 승용차에만 관심이 쏠려 있다. "저놈도 아닌개벼. 독감 주사 맞으라고 우리 아들이 날 데리러 올 때가 돼았는디……." 노인은 혼잣말을 중얼거린다. 그러다 가늘게 실눈을 뜨고 창밖의 화단을 내려다본다.

　"야, 야, 이리 좀 나와봐라. 저 아래 화단에 황국이 푸지게 폈다. 벌 떼가 마지막 꿀을 빠느라고 윙윙거리고……."

　설령, 화단에서 벌들이 꿀을 빤다 해도 창문 너머로 식별될 거리가 아닌데 말이다. 황국(黃菊)은 이미 보름 전부터 피기 시작했고 노인의 눈에만 오늘 처음 띈 것이다.

"느그 아부지 행상 나갈 때, 그 방죽 산지슭에 감국이 월매나 흐드러지게 피었던지 아냐. 나는 눈이 시렸어야. 그 가느다란 꽃대에 애기 손톱만 한 꽃들이 꼭 은하수를 뿌려놓은 듯이 당알당알 달렸었지. 상여꾼들은 방죽 가생이 질이 좁아 시퍼런 물로 빠질까 봐 오금을 죄고 상여를 떠메고 가는디, 나는 뭔 귀신이 씌었던지 그 감국을 넋 놓고 바라봤어야. 진하디진한 향기에 홀렸는지, 황금색 꽃송이에 반했는지, 지금 생각해봐도 모르겠어야. 너 그 고향에는 천지가 약초였느니라, 산이고 들이고 간에. 감기약이 따로 없었지야. 감국차를 뜨겁게 달여 먹으면 오래된 해소 지침도 말짱하게 나았으니. 무서리 내린 날 아침에 이슬 마르기 전에 꽃을 따서 그늘에 살짝 말려 꿀에 재두었다가 감기약으로 썼었제. 우리 저 황국이라도 따다가 꿀에 재놓자, 내일 모레가 상강인디. 된서리 맞을라."

"엄마, 이 일만 끝내고 나면 보건소 모시고 가서 독감 백신 맞혀드릴 테니 걱정 말아요. 저 꽃 따 오면, 동네 사람들한테 욕 먹어. 우리 개인 화단도 아니잖아. 그리고 제발 거기 온종일 붙어 있지 말고 들어와 좀 쉬어. 오빠는 오늘도 안 와요……."

"아녀, 아녀, 너는 신경 쓰지 말고 어여 글이나 써. 그거 써야 돈이 나오잖아! 독감 주사는 안 맞아도 돼야. 대파 뿌리에다 마른 대추 넣고 달여 먹으면 되지."

그해 가을, 노인은 40년 전 세월과 오늘을 동시에 살고 있었다.

나를 세상에 나오게 한, 그 좁은 문을 빌려준 이가, 마지막 가을을 그렇게 외롭게 앓고 있는데도 나는 책상머리에 붙어 앉아 원고 마감에만 급급하고 있었다. 노인은 작년에 가셨다. 노인이 떠나고야 그 가을이 얼마나 소중했던 계절이었는가를 알았다. 생(生)은 어찌하여 늘 이렇게 뒤통수를 치며 우리의 삶을 쫓는가. 지금껏 수도 없이 뒤통수를 얻어맞았건만, 왜 삶은 단단해지지 않는 걸까…….

5

증미산 사람들

치명적 실수

　여자는 맨발이었다. 맨발인 채로 산길을 오르고 있었다. 경칩이 지나긴 했지만 아직 응달엔 서릿발이 그대로 살아 있는데. 살점 하나 없는 여자의 발등엔 푸른 정맥이 수조엽락(樹凋葉落)에 든 나뭇가지처럼 도드라졌다. 균형 잡힌 어깨며 날렵한 걸음걸이가 예사롭지 않은 품새였다. 여자의 뒤꿈치를 올려다보며 Y는 천천히 뒤를 따르고 있었다. 여자가 부담을 느꼈는지 가던 길을 멈추고 한손으로 나무를 껴안고 옆으로 비켜섰다. 먼저 앞장서 가라는 몸짓이다. 등산로는 겨우 한 사람이 한 발짝씩 내디뎌야 하는 좁고 가파른 오르막이었다. Y가 고개를 까딱하며 미안하다는 표정을 짓고 올라서자 여자와 정면으로 마주치게 되었다. 분홍색 코끝에 매달린 맑은 콧물과는 대조적으로 여자의 뺨엔 검은 꽃이 피어 있었다.

능선 하나를 넘은 Y는 양지바른 중턱에 앉았다. Y가 쉬어 가는 장소는 돌확처럼 움푹 파인 너럭바위다. 늘 이곳에서 커피를 마시며 쉬어 간다. 커피를 다 마셔갈 즈음 소리 없는 그림자처럼 여자가 지나갔다, 여전히 맨발인 채로. Y는 커피 한 잔이 남았으니 마시고 가라며 여자를 불렀다. 여자가 잠시 멈칫거리더니 예닐곱 발짝을 되돌아와 Y의 옆에 섰다. Y는 보온병 뚜껑에 커피를 가득 따라서 크래커 몇 조각과 함께 여자의 손에 건네주었다. 말없이 커피잔을 받아든 여자가 배낭을 내려놓더니 장갑으로 콧물을 닦으며 깔개를 펴고 앉았다.

"움직이지 않고 가만 있으면 발가락이 금방 동상에 걸리니까."

여자는 배낭에서 양말과 신발을 꺼내며 혼잣말로 중얼거렸다.

"맨발로 땅을 밟는 것이 건강에 좋다고는 들었지만, 특별한 이유가 있으신가 봐요? 저번에도 맨발로 걷는 모습을 보았는데……. 그런데 기미가 좀 깊군요. 제 얼굴처럼. 요즘, 저는 사람들 얼굴에서 기미만 보여요. 엷게 낀 기미도 현미경을 통해서 보는 것처럼 뿌리가 깊은지 얕은지가 다 들여다보이거든요. 기미 낀 얼굴을 보면 남 일 같지 않고 심란해요."

커피잔을 두 손으로 감싸 쥔 여자가 Y에게 다가앉더니 뺨에서 기미를 뽑아낼 듯이 눈길을 가까이 박았다.

"작년 여름부터 갑자기 생리가 끊기더니 기미가 돋기 시작했어요. 병원에서는 심한 스트레스성으로 일시적 현상일 수도 있고,

이대로 조기 폐경으로 끝나버릴 수도 있다고 하더군요. 알고 보면 스트레스가 참 무서운 병이에요."

여자는 끔찍한 일을 겪고 난 후에 나타난 현상이라며 낯빛이 어두워졌다. 고등학교에 다니는 아들의 학원비에 보태려고 일자리를 찾아 나섰다가 곤욕을 치렀어요. 하루 서너 시간만 일을 하고도 4, 5만 원을 벌수 있다는 친구의 말에 따라 나섰다가 이렇게 왕창 망가져버렸죠. 노래를 썩 잘 부르지 못해도 시간당 2만 원은 거뜬히 벌 수 있다는 말에 그만⋯⋯. 멀리 떨어진 딴 동네에 가서 일을 하면 아무도 모를 거라고, 버스를 두 번이나 갈아타고 강을 건너갔지요. 강을 건넌 것이 화근이었습니다. 그 사람들도 직장 근처를 벗어나 멀리 온다는 게 강의 북서쪽 산성 밑의 장어구이집이 즐비하게 늘어선 옛 나루터였지요. 그 생각만 하면 지금도 현기증이 나요. 여자는 체머리를 앓는 사람처럼 심하게 머리를 흔들었다.

친구는 제발 촌티를 내지 말라고 다그쳤고, 주인 남자는 옷차림을 보더니 탐탁지 않다는 표정이었어요. 네 명의 남자가 룸으로 들어오더니 재킷을 벗어 옷걸이에 걸며 자기들끼리 속삭이는 말이 들렸어요. '좀 촌스럽긴 해도 분위기만 잘 타면 되지 뭐⋯⋯.' 하는 실망스런 낌새가. 친구가 리모콘을 들고 열심히 선곡 버튼을 누르고 있을 때 한 남자가 벌컥 문을 열고 들어섰어요.

남자는 화장실을 다녀왔는지 손수건으로 집요하게 손바닥을 닦더라고요.

어디서 본 듯한 인상인데, 어디서였더라? ……전주곡이 흐르고 노래가 막 시작될 무렵 남자가 나를 일으켜 세웠어요. 허리를 잡고 몇 바퀴를 돌리더니, 거칠게 가슴을……. 그때 내 몸에서 어떤 힘이 화살처럼 튕겨져 나갔죠. 이단옆차기로 정강이를 가볍게 쪼아준다는 게 그만 팔꿈치로 턱을 날려버린 거예요. 눈 깜짝할 사이에 남자가 '억' 외마디를 지르며 고꾸라졌죠. 깃털처럼 가벼운 한 방이었는데 턱이 덜렁 빠져버렸어요. 몸의 기억은 거의 정확한 법인데…… 그것은 유단자로서 치명적인 실수였습니다. 넥타이를 풀어 턱을 묶고 응급실로 떠나보낸 다음 곰곰이 생각해보니, 숱진 눈썹에 날카로운 눈매, 얇은 입술, 아! 아들의 담임이었어요. 숨이 턱 멎는 느낌이었죠. 학년 초에 진로 상담하면서 승혁이는 문과가 적성에 맞겠다고 관심을 가져주던 선생님이었는데. 여자는 소름이 돋는지 팔뚝을 쓸어내리며 몸을 부르르 떨었다. 노래방 보조 도우미로 나섰던 첫날, 아들의 담임 선생님과 맞닥뜨렸고 그것도 턱을 빼놓다니…… 도대체 이게 무슨 놈의 재수랍니까? 최악의 마법도 이보다 더 잔인할 수가? 여자는 점퍼 앞섶에 자꾸 손바닥을 문지르며 불안 증세를 보였다. Y는 봄볕에 기미가 더 짙어질까 봐 트윈케익으로 연신 얼굴을 두드렸다.

빈 잔을 건넨 여자가 조용히 일어서더니 신발과 양말을 벗어 다시 배낭에 집어넣고 맨발로 내리막길을 서둘러 내려갔다. 나무는 아직 겨울잠에서 깨어나지 않았고 나목처럼 깡마른 여자의 발목에서부터 뻗어 내려간 푸른 물길이 먼 데로 흘러가고 있었다.

매파 시대

맹렬한 눈발이었다. 백 년 만의 최대 기록이라고 했던가! 임진년 벽두부터 북서풍과 함께 몰려온 폭설은 이제 한반도뿐만 아니라 섬들까지도 다 삼켜버렸다. 길과 길의 경계를 무너뜨렸고 도시간의 구획선도 모두 덮어버렸다. 하늘길까지 막혀 활주로의 비행기들도 눈 속에 잠잠히 정착했다. 이처럼 전국이 한파와 눈사태로 갇혀 있을 때 오직 '세종시'라는 미래도시만 불안한 항해를 계속했다. 전운이 감돌듯 수상쩍은 기류가 정초부터 서쪽으로 빠르게 몰려갔다. 맹렬 매파들의 입김에 따라 '행복도시'란 수식어가 곤두박질쳤다 선회하기를 반복했다.

세상이야 어찌 됐든 증미산 아래 사는 유씨는 날짐승들이 걱정되어 길을 나섰다. 정강이까지 푹푹 빠지는 눈길을 뚫고 증미산 서쪽 자락에 도착했다. 그는 자기가 첫 발자국을 내는 사람일 것이라고 생각했는데 벌써 누군가 산길을 올라간 흔적이 있었다. 보폭의 넓이로 보아 키가 큰 인간은 아닌 듯싶었다. 배드민턴장 옆 울타리에서 박새들이 화살나무 사이를 포르릉 포르릉 날아다니며 먹이를 찾았다. 유씨는 주머니 속의 좁쌀을 만지작거렸지만 그냥 지나쳤다. 참새나 박새보다 기민한 곤줄박이나 딱따구리가 더 걱정되어 정상을 향해 오르고 있었다. 가벼운 운동화 차림으로 나온 유씨는 이미 신발과 바짓가랑이가 엉망이 되어버렸다. 길이 산이고 산이 길인 듯 경계가 없어진 세상은 결코 만만치 않았다. 발짝을 뗄 때마다 나무 몸통을 껴안고 겨우겨우 한 걸음씩 올라서는 형편이었다. 연비어약정(鳶飛魚躍亭) 부근 산새들이 많이 모이는 곳에 먹이를 뿌려줄 셈이었다. 이 폭설을 뚫고 운동하러 올 사람은 없을 테니까. 윗몸일으키기를 하는 목판 기구 위에 신문지를 깔고 놓아주면 될까, 하고 마땅한 장소를 찾던 중이었다. 한데 철봉 아래에 맷방석 크기만 한 맨땅이 보였다. 벌써 누군가 싸리비로 한쪽을 쓸고 흙바닥에 옥수수 낱알을 뿌려놓고 갔다. '참 대단한 인간이군! 경의를 표할 만큼…….' 유씨는 혼잣말로 중얼거렸다. 쩨쩨하게 신문지 따위나 깔고 뿌려줄 생각을 했던 자신이 부끄러웠다.

잠시 멈췄던 눈발이 또 퍼붓기 시작했다. 아기 주먹보다 큰 눈송이들이 어지럽게 날렸다. 함박눈 사이로 유씨이 눈길을 끈 깃은 허리돌리기 기구 옆에 있는 굴참나무였다. 수많은 사람들이 날마다 그 몸통에 대고 등짝을 자근자근 찧거나 배를 쳐서 수피가 허옇게 말라가는데 오늘은 물기를 머금어 검게 빛났다. 그 허리쯤에 명함 하나가 꽂혀 있었다. 방금 꽂아놓은 듯 아직 눈에 젖지 않았고 종이 질감도 뽀송뽀송한 그대로였다. '옳거니! 경의를 표할 인간이 누구신지 알아낼 수 있겠군.' 유씨는 얼른 명함을 뽑아들었다. 그런데 컬러인쇄의 제목부터가 좀 수상쩍었다. '국제결혼' 총비용 500만 원. '미인들만 엄선한 업체! 베트남 캄보디아 몽골 필리핀 네팔' 보증보험 가입 등록업체……. 유씨는 명함을 꾸겨 주머니에 넣으며 "갸륵한 앙헬! 여러 가지 등등 좋은 일을 많이 하시는 분이군!" 하며 씁쓸히 웃었다. 이 폭설 속에 산새를 걱정하여 먹이를 뿌려주고 간 인간이 과연 이 명함을 뿌린 동일인일까? 분명히 발자국은 한 사람 것이었고 명함 또한 방금 뿌린 흔적이었는데……. 유씨는 화원이 있는 남쪽으로 내려간 발자국을 쫓으며 추리적 상상에 빠졌다. 그렇지! 예로부터 끊임없이 이어져온 전통적인 직업 중의 하나인 매파(媒婆). 그리고 '행복도시'를 기꺼이 사수하고자 하는 매파(-派)*는 장음과 단음의 차이일 뿐인데……. 어딜 가나 매파들이 판치는 세상이로군!

|||||||||
* 자기편의 이념이나 주장을 관철하기 위하여 상대편과 타협함이 없이 강경하게 밀고 나가려는 사람들(비둘기파[온건파]의 반대말).

눈발은 점점 더 맹렬히 퍼부었고, 유씨는 길 없는 산속을 헤매고
있었다.

연비어약정

굴참나무 사이로 여린 햇살이 빼꼼히 비쳐 들었다. 투명한 채광판 위로 등나무 줄기가 올라앉아 녹색 지붕을 이룬 정자는 마루도 없는 간이식 건축물이었다. 지붕을 받친 여섯 개의 기둥과 긴 나무 의자 네 개가 전부인 네댓 평 남짓한 공간이다. 증미산*중턱에 자리한 이 정자에 언젠가부터 편액 한 점이 걸려 있었다. 누군가 어디서 주위와 걸었는지 널빤지 귀퉁이가 떨어져 나갔고 페인팅도 벗겨져 조잡했지만 글씨만은 필압(筆壓)이 느껴질 정도였다. 고동색 바탕에 흰색 음각으로 새겨진 전서체 글씨들이 금방이라도 날아오를 듯 활기찼다.

||||||||
* 서울 강서구 염창동 한강변에 위치한, 높이 해발 55.2미터에 넓이 11만 2천 제곱미터의 동산이다.

정오가 지나면서 바람이 더욱 쌀쌀해졌다. 나뭇잎 떨어지는 속도가 가속화되어 노란 잎들이 꽃비처럼 우수수 쏟아졌다. 등받이도 없는 정자 의자에 팔순 노인 둘이 서로 등을 기대고 앉아 시간을 보내고 있었다. 여자 노인은 지팡이를 짚었고 남자 노인은 아직 허리가 꼿꼿했다.

　"여보게, 임자! 저기 현판에 씌어 있는 글씨가 무슨 뜻인지 아시겠나?"

　"내가 그걸 알면 여태꺼정 당신 밥순이 노릇만 하면서 살았겄수! 모링께 여즉꺼정 당신한티 붙어 살았제."

　"'오비어약'이라고 하네. 글자 뜻을 풀어보면, 하늘엔 까마귀가 날고 땅엔 물고기가 뛰논다는 뜻일세."

　"흥, 그 까짓것 암껏도 아니구먼! 그럼 물고기가 하늘을 날고 까마귀가 뛰노는 세상도 있당가? 당연한 이치를 가지고서, 시방 나에게 잘난 척하는 것이여 뭣이여……. 아! 그런 영양가 없는 소리 그만 집어치우고 어여 내려가 즘심이나 먹읍시다."

　지팡이를 짚은 여자 노인이 앞장을 섰고 허리가 꼿꼿한 늙은이가 뒤를 따르며 그들은 정자를 내려갔다.

　늦가을 해는 토끼 꼬리보다 짧았다. 벌써 서쪽으로 기운 해가 고층 아파트 그림자를 길게 끌며 빌딩 사이로 숨바꼭질을 했다. 50대 중반쯤으로 보이는 장년 부부가 한껏 운동을 했는지 등이 젖은 운동복을 입고 산을 내려왔다. 보나마나 이 작은 산을 다람 쥐 쳇바퀴 돌듯이 뺑뺑 돌았을 것이다. 그리고 이제는 정자 옆에 설치된 운동기구를 이용해 몸을 풀고 있었다. 남자는 170센티가 좀 밑도는 보통 키에 군살 한 점 없는 몸매였다. 하지만 상체에 비해 하체가 조금 짧은 체형이었다. 다부진 어깨에서 오랫동안 길러진 힘이 저절로 느껴졌다. 철봉대에 오른 남자는 물 만난 물 고기처럼 몸을 자유자재로 띄웠다가 떨어지고 다시 솟구쳤다. 큰 소리로 구령까지 붙여가며 몸을 하늘로 곧추세웠다가 제비처럼 사뿐히 내려왔다. 헤라클레스의 몸이 부럽지 않을 정도로 근육질 로 다져진 완벽한 신체였다. 얼굴이 희고 곱살하게 생긴 여자는 중부전선이 튼튼했다. 철제 기구 원반에 올라가 느릿느릿 허리 돌리기를 하다가 잠시 멈춰 서서 눈을 가느스름하게 뜨고 정자의 편액을 바라보았다.

"저 글씨체는 춤을 추어서 그런지 도무지 무슨 잔지 모르겠네 요."

"아, 그것도 몰라. 당신, 대학 나왔다는 거 맞아? '앵비어약'이 잖아. 꾀꼬리 앵(鶯)자에 날 비(飛), 고기 어(魚)자에 뛸 약(躍)자구 먼. 하여간 그것도 몰라!"

목소리가 굵은 남자는 막힘이 없었다.

"그래! 당신, 참 유식하시구려. 누가 체육 선생 아니랄까 봐, 혼 자 구령까지 붙여가며 운동하는 사람. 내가 그 첫 글자 한 자를 몰랐을 뿐인데……. 꾀꼬리 앵자를 못 읽었다고 대학을 나왔느니 말았느니 하며 사람 기를 죽이는……. 이제 그 말버릇 좀 고칠 때도 되지 않았던가?"

조곤조곤하게 말을 되받아치던 여자가 갑자기 철제 기구에서 내려오더니 쌩하니 찬바람을 일으키며 산길을 내려갔다. 철봉에 거꾸로 매달려 있던 남자가 순간 퍽 하고 떨어졌다. 땅바닥에 머리를 박고 맥없이 나동그라졌다. 기절한 듯 잠깐 동안 옴짝달싹 못하고 가만히 있었다. 한참 만에 끙! 하고 신음을 내더니 정수리에 박힌 흙을 툴툴 털며 일어섰다. 남자는 멍청히 하늘을 바라보다가 큰 머리통을 갸웃거리며 물병을 챙겨들고 산을 내려갔다.

아까부터 굴참나무 아래서 낮잠을 자고 있던 한 여자가 눈을 비비며 부스스 일어났다. 몸무게가 130근은 넉넉히 나갈 몸집이었다. 빌렌도르프의 비너스 상처럼 풍만한 궁둥짝을 일으키며 머리를 긁적거렸다. 수십 마리의 까치가 집을 지었다 떠났을 법한 수세미 같은 머리카락을 고무줄로 단단히 묶으며 혼잣말로 중얼거렸다.

"모다! 빙신들 같으니라고! 솔개 연(鳶)자에 '연비어약(鳶飛魚躍)'이구만. 그것도 몰라? 하늘엔 솔개가 날고 물속에선 물고기가 뛰논다는 시경(詩經)에 나오는 시구를 집자한 것인데……. 만물의 이치도 모름서 세상을 어떻게 살아? 모다 빙신든 같으니라고!"

여자는 깔고 앉아 있던 큰 보따리를 둘러메더니 히죽히죽 웃으며 증미산 정자를 내려갔다. 잎을 반쯤 떨군 굴참나무 사이로 해가 꼴딱 떨어졌다. 초저녁 어스름이 정자의 지붕위로 켜켜이 내려앉으며 편액의 글씨들도 희미해졌다.

신만무방면

바람결에 낙엽 딩구는 소리인가? 어디선가 규칙적으로 들려오는 미세한 소리에 Y는 새벽잠에서 깼다. 어젯밤 잠들기 전부터 몹시 비바람이 쳤다. 그런데 이 꼭두새벽에 잠을 깨우는 소리는 빗방울 소리는 아닌 것 같고 쓱싹쓱싹 톱질하는 것처럼 들리는 신경을 거슬리게 하는 소리였다. Y는 무거운 몸을 일으켜 창문을 열고 소리의 진원지를 향해 귀를 기울였으나 감을 잡을 수가 없었다. 여전히 비는 내리지만 바람은 좀 잦아든 상태였다.

한기가 든 Y는 차렵이불로 몸을 둘둘 말고 다시 침대에 들었다. 그러나 좀처럼 잠이 오지 않았다. 진원지를 알 수 없는 그 쓱싹거리는 소리만 더 또렷하게 들려왔다. 어린 시절 노망난 할머니에게 붙들려 긴 생머리를 싹둑싹둑 가위질 당하던 그 오싹했던 느낌이 되살아났다. 아직 푸른 미명에 누가 톱질을 히는 깃일까?

더구나 이 빗속에. 고개를 갸우뚱하던 Y는 몸을 털고 벌떡 일어났다.

우산을 받쳐 들고 바쁜 걸음으로 아파트를 나왔다. 가로등 빛이 부옇게 물안개를 품고 점멸하고 있었다. 추적추적 내리는 빗소리를 들으며 소리의 진원지를 찾아 뒷산으로 올라갔다. 오래되지 않아 한 노인을 발견하게 되었다. 검은 비옷을 입은 노인이 상수리나무에 톱질을 하고 있는 게 아니던가. Y가 다가선 것도 모르고 노인은 톱질에만 정신이 쏠려 있었다.

"어르신, 이 새벽에 왜 나무를 베시나요?"

Y가 조금 격앙된 목소리로 물었다. 톱질을 하던 노인이 깜짝 놀라 톱을 떨어뜨리며 넘어질듯 몸을 비틀거렸다.

"이 작은 숲이 주민들에게 얼마나 위안을 주는 휴식처인데……."

"거, 상관 마쇼! 내 산에서 내가 내 나무를 베는 것이니……."

노인은 툭 잘라 먹은 대답을 내뱉고는 다시 톱을 집었다.

"그러면 왜 이 꼭두새벽에, 그것도 비 오는 날을 틈타 몰래 하시지요? 그렇게 떳떳하시다면 대낮에 해도 될 일 아니던가요?"

"아무짝에도, 내 생활에 도움이 안 되는 빌어먹을 이 산 때문에……."

노인은 이맛살을 잔뜩 찌푸린 채 대꾸하고 싶지 않다는 듯 입을 다물었다. Y가 옆으로 비켜서서 떨어진 모자를 주워 씌워주면서 조근조근 이유를 물어본 후에야 노인은 입을 열었다.

"이봐요! 젊은이, 나는 기초생활보호자 명단에도 끼지 못하고 국민의료보험 혜택도 못 받는 사람이오. 무보험 대상자라오. 재산권도 행사할 수 없으면서 소유권만 차지하고 있어 세금만 나오는 이놈의 망할 놈의 땅 때문에……. 나는 이 나무들이 원수 같다오. 나무만 없으면 금싸라기 땅이 되는 것은 뻔한 이친데. 저쪽 아파트 땅값이 평당 얼만지 아슈?"

노인은 하소연할 대상이 잘 걸려들었다는 듯이 톱질을 포기하고 말을 이어갔다. Y는 적당한 위로의 말이 생각나지 않았다. 그저 빨리 노인 곁을 벗어나고만 싶었다. 우산을 접어 들고 산을 터덜터덜 내려오며 숲과 처음 만났던 기억을 새삼 떠올렸다.

17년 전, Y가 처음 이 동네로 이사 왔을 때만 해도 산은 소나무와 상수리나무가 빽빽하게 들어찼었다. 서울 변두리에 이렇게 건강한 숲이 있다는 것이 참 신기할 정도였다. 그것도 연립주택과 울타리를 같이하고 있는. 그래서 Y는 집을 계약하는 데 망설임이 없었다. 시유지와 사유지가 반반으로 되어 있는 증미산은 북쪽은 암벽으로 한강과 마주했고 동남쪽으로 길게 뻗은 산자락이 옹기종기한 마을과 닿아 있었다. 산 정상에 오르면 고압선 철탑이 우뚝 서 있고 철탑을 조금 비켜 철조망이 촘촘하게 쳐져 있었다. 이곳부터는 사유지이므로 출입을 금한다는 문구가 적힌 경고판이 길을 막아섰다. 그런데 어느 날부터인가 표지판이 슬그머니 넘어져 있더니 펜치로 자른 듯 철조망이 몇 군데 끊겨져 나갔다. 구멍이 뚫린 사이로 사람들은 개들처럼 고개를 숙이고 들락날락거렸다. 산책 코스가 짧아 아쉬워하던 이들이 어느 순간부터 사유지를 거리낌 없이 넘나들고 있었다. 중간중간에 세워졌던 철조망지지대도 아예 자빠뜨려버렸다. 그날 이후 숲에서는 나무가 한 그루 두 그루 사라지기 시작했다.

Y는 이 숲을 무척 사랑했다. 자기 집 베란다에 서서 계절마다 변화하는 숲의 사계를 즐겼고 아이들이 어릴 때는 산 밑에서 배드민턴을 치기도 했다. 갱년기로 어지럼증을 앓을 때에도 숲 속을 종일토록 거닐며 몸을 회복했다. 그런데 근래 몇 년 사이 산책을 하다 보면 멀쩡한 나무의 우듬지가 꺾여 있거나 통째로 몸통이 두 동강나 있는 것을 종종 발견했다. 태풍이나 큰 비바람이 지나간 것도 아닌데 나무가 무참히 나자빠져 있었다. 누가 장난을 친 건 아닌 것 같고 계획적으로 나무를 훼손하는 자가 있는 것 같았다. Y는 내심 그자가 누구인지를 알아내려고 노리던 중이었다.

톱질하는 노인을 바라보며 Y는 「만무방」을 떠올렸다. 김유정의 소설 「만무방」에 나오는 천하의 못돼먹은 응칠이 그의 동생 응오가 제 논에서 제가 지은 벼이삭을 캄캄한 그믐밤에 훔치는 장면이 생각났다. 일제시대 소작농으로 벼농사를 지어봤자 도지 제하고 비싼 장리 떼고 색조(色租)를 제하면 아무것도 남는 게 없었다는 그 시대의 비참한 사회현상을 풍자한 소설이었다. 저 노인 역시 제 땅이면서도 절대녹지로 묶여 재산권을 행사할 수도 없으면서 세금만 내게 되는 안타까움에 분노를 터뜨린 것이다. 아예 민둥산을 만들어버리면 녹지와 관련이 없으니 도시녹지법에서도 풀려날 것이라고 한껏 머리를 쓴 것일 테다. Y는 산을 천천히 내려왔다. 비를 흠뻑 맞은 검은 참나무들은 침잠에 든 듯 말없이 잎을 떨구고 있었다.

길 잃은 팜티루엔

그녀는 섬이었다, 도심 속에 떠 있는 외로운 섬.

여자가 꽃나무 속에 서 있었다. 발그레한 뺨을 개복숭아나무에 대고 킁킁 냄새를 맡고 있었다. 복사꽃은 냄새가 없는 꽃인데……. 그래, 좀 이상했다. 올봄은 워낙 늦게 찾아온 편이긴 하지만, 그래도 4월 하순인데. 긴 패딩코트 차림이라니? 지나가던 유씨가 걸음을 멈추고 그녀를 말끄러미 바라보았다. "그 꽃 이름 알아요?" 하고 말을 걸었으나 여자는 빙그레 웃기만 할 뿐 대답이 없었다. 꽃잎 하나를 따서 손에 들고 다소곳이 길을 비켜섰다.

증미산 남쪽엔 봄 내내 꽃이 피는 농원이 있다. 유실수와 관상수 외래 종자 등 다양한 수종이 어우러져 도심 속에 꽃대궐을 이루는 작은 농원이다. 매화를 선두로 해서 앵두와 살구꽃이 피고 산당화와 자두나무가 질세라 앞 다투어 꽃망울을 터트렸다. 배

꽃은 한참을 뜸 들이다 도도하게 입술을 열었고 그사이 개복숭아
꽃이 골짝을 환하게 밝혔다. 어제까지만 해도 봉오리로 남아 있
던 아그배꽃이 낯선 손님처럼 청초하게 피어났다. 늘 해 질 녘에
산책을 나오는 유씨는 이즈음엔 카메라를 들고 다니며 꽃 일기를
쓰는 중이다. 박태기나무가 있는 농원 끝자락까지 갔다가 다시
돌아 나오는데 아직도 검은 패딩파카의 그녀가 그 자리에 우두커
니 서 있었다. 무언가 말을 할 듯 말 듯 주뼛거리며……. 그러고
보니, 작은 몸집에 얼굴이 좀 낯설다는 느낌이 들었다. 유씨가 얼
른 그녀를 향해 빙긋 웃어주었다. 그녀도 따라 웃으며 "베트남"
했다.

"이 꽃 이름 알아요?"라고, 유씨가 다시 말을 붙이자 "몰라요,
나, 몰라요." 하고 그녀가 짧은 말로 대답했다. 유씨는 빨리 산 한
바퀴를 돌고 저녁 찬거리를 사러 갈 참에 걸음을 재촉했다. 그런
데 질딱! 질딱! 누군가 신발을 끌며 따라오는 느낌이 들었다. 유
씨가 뒤돌아보니, 그녀였다. "왜요?" 하고 물으니, "아파트, 몰라!"
하고 말이 짧게 뚝뚝 끊어졌다. 금방 눈물이 떨어질 것 같은 표정
을 지으면서. 유씨가 가던 길을 멈추고 그녀를 벤치에 앉혔다. 그
리고 "한국에 언제 왔어요?" 하고 물었다. 그녀는 손가락 네 개를
펴보였다. 그리고는 손가방에서 무언가를 꺼내 유씨에게 보여주
었다. 뜻밖에도 태아 초음파 사진이었다. "임신?" 하고 유씨가 물

자, 이번에도 손가락 네 개를 다시 펴보였다. 4주째란 말인지? 넉 달이란 얘긴지? 알 수가 없었다. 그녀가 가지고 있던 보건소 수첩에 '팜티루엔'이란 이름이 한글로 적혀 있었다. 보건소에 정기검진을 다녀오다 뒷산에 올랐고 방향 감각을 잃어 길을 못 찾고 있던 중이었다. "그런데, 왜 겨울 코트를 입었어요?" 하고 유씨가 코트를 가리키자 "추워요, 많이, 많이요." 하며 진저리를 치듯 몸을 부르르 떨었다. 앳된 얼굴인데 입술이 갈라져 핏방울이 맺혀 있었다. 여자는 자꾸만 몸을 옹송그렸고 땅바닥에 침을 뱉었다.

유씨는 증미산 아래 자기 집으로 그녀를 데려갔다. 식빵을 굽고 유자차 한 잔을 끓여 내놓았다. 그녀는 유자차 한 모금을 맛보더니 옆으로 밀쳤다. 식빵만 손으로 조금씩 뜯어먹었다. 이번엔 커피를 타줬다. 그것도 옆으로 밀쳤다. 유씨는 자기가 첫 임신했을 때를 떠올렸다. "아하, 그래!" 하고 손뼉을 치더니 뒷베란다로 나가 깡통 하나를 들고 왔다. 깡통을 따서 예쁜 크리스털 그릇에 담아 그녀 앞에 내놓았다. 슬라이스 복숭아 통조림이었다. 그녀는 한 조각을 건져 조심스럽게 베어 물더니 이윽고 먹기 시작했다. 금세 한 그릇을 뚝딱 비웠다. 국물까지 다 마셔버렸다. "언니, 이거 뭐야요?" 하고 그녀가 물었다. "복숭아 통조림! 나도 입덧할 때 이것만 먹었지. 속에서 아무것도 받지 않는데 이 황도는 먹겠더라고." 유씨는 자기도 모르게 반말이 튀어나왔다. 그리고 메모지에 한글과 영어로 '황도 복숭아 통조림, Yellow Peaches'이라고 써주며 "이마트에 가면 있어." 했더니 "이마트? 이마트 건너편, 살아요." 하며 활짝 웃었다. 유씨는 그녀를 앞세우고 이마트가 있는 네거리까지 걸어갔다. "여기서는, 집 찾아갈 수 있겠지?" "네, 감사해요, 언니!" 하고는 그녀는 씩씩하게 횡단보도를 건너갔다.

그 후로 그녀는 자주 유씨 집 벨을 눌렀다. 외롭다고 왔고, 배가 아프다며 왔고, 세월이 흘러 베트남에서 해복 구완하러 온 친정어머니를 모시고 오기도 했다. 증미산 아래 유씨 집을 그녀는 뻔질나게 드나들었다. 친구 한 사람 없이 도심의 섬으로 떠 있던 그녀에게 다리가 놓였던 것이다, 건너오고 건너갈 수 있는 소통의 다리가.

◎ 작년 12월에, 그녀는 복사꽃처럼 뺨이 발그레한 딸을 순산했다.

보물 서점

오늘은 '건달 사공들'의 모임이 있는 날이다. 그들은 겸재(謙齋) 미술관에 모여 옛 그림과 역사를 공부했다. 공부해서 자격증을 따거나 논문을 써낼 것도 아니고 누군가를 가르칠 것도 아닌 만큼, 즐기는 차원으로 설렁설렁 공부하자며 만든 모임이었다. 그런데 평생 하던 버릇을 남 줄 수 있겠나? 그들은 아직도 관성에 끌려 무언가 열심히 읽지 않으면 견딜 수 없는 문자 중독자들이었다. 대부분 돋보기를 썼거나, 안경을 벗었다 썼다 하기를 반복하면서도 두꺼운 텍스트를 다 읽어냈다. 사실은 왕년에 한가락들 했던, 먹물이거나 현역에서 밀려난 '은발의 청춘들'이 주요 멤버였다. 철저하게 비생산적인 공부를 하자는 취지로 동아리 이름도 '건달 사공들'이라고 붙였다. 하지만 Y는 좀 달랐다. 그는 아직 젊은 축에 들었고 써야 할 것들이 많은 소설가였다. 그래서 고수들의 기상천외한 체험담이나 비화(秘話)를 한 꼭지라도 주워들을까

해서 이 모임에 슬쩍 끼어들었다.

오전에, 조선시대 의궤(儀軌)에 대해 공부한 그들은 증미산 아랫동네에서 점심을 하기로 했다. 골목 깊숙이 자리한 음식점은 점심시간을 훨씬 넘겼는데도 머리카락이 희끗희끗한 중늙은이들이 꼬여 있었다. 내놓고 장사할 수 있는 음식이 아닌 탓에 골목 안쪽에 자리했어도 알음알음 손님이 찾아오는 곳이었다. 허름한 단독주택을 개조해서 낸 식당인데 삼복더위엔 길게 줄을 설 정도로 장사가 되는 집이다. 그들도 땀방울을 뚝뚝 떨어뜨리며 탕 한 그릇씩을 해치웠다. 그리고 박하사탕 하나를 입에 물고 그 특유의 누린내를 날리며 골목을 빠져나왔다.

그들 중 몇몇은 이 골목에 오면 꼭 헌책방엘 들르는 버릇이 있다. 골목으로 접어드는 입구에 대로변을 끼고 '충남서점'이란 간판이 있었다. 1층은 신간과 참고서, 학습지 등을 파는 새책방이고, 2층은 재고와 중고서적을 파는 헌책방이었다. 1층에선 그 집 안주인이 딱 붙어서 장사를 야무지게 했고 2층은 그 집 남편 소관이었다. 찾는 손님이 있을 때만 열쇠를 들고 올라가 문을 열어주는 창고식 서가였다. 남자는 수시로 자리를 비웠다. 어느 때는, 헌책 수집을 나간 남자를 기다리느라 시간 반을 기다린 적도 있었다. 오늘도 30분 이상을 기다렸고, 남자는 우리 팀이 핸드폰을 받고 트럭을 몰고 달려왔다.

여기저기 쌓아놓은 헌책 무더기를 헤치고 물건을 찾아내는 재미가 쏠쏠했다. 눈이 밝으면 보물을 발견할 수도 있다. 지난번에도 30년 전에 절판된『애린』이란 시집 초판본을 찾아냈다. 웬만한 책은 반값이었고 그 이하로도 판매되었다. 냉난방 시설이 안 된 탓에 30분도 버틸 수가 없는 곳이다. 오래된 책에서 풍기는 곰팡내와 냉기로 재채기가 연신 터져 나왔다. Y가 골라 든 몇 권의 책은 새것이나 다름없었다. 더구나 출간된 지 2년도 안 되는 소설도 끼어 있었다. 작년 봄, 한 신문기자가 증발했다는 소문이 나돌았다. 그는 사회부와 문화부를 거치면서 안목이 깊고 펜 끝이 날카롭기로 이름난 대기자였다. 그런 그가 잠적한 지 3개월 만에 장편소설 한 편을 뚝딱 써서 들고 나타났다. 바로 그가 낸 책이었다. 더구나 지은이가 어느 신부님께 직접 인사말과 함께 사인까지 해서 보낸 책이었다.

그날도 Y는 점심을 신세진 K선생에게『세상의 모든 희망』이란 에세이집 한 권을 찾아내 선물했다. 마침 아는 이가 쓴 책이기도 해서. 그랬더니 K선생 왈 '선물은 주고받는 것'이라며, Y가 고른 몇 권의 책값을 얼른 자기 카드로 계산하였다.

집에 돌아온 Y는 책이 든 봉지를 책상 밑에 던져두고 마감이 급한 월간지 원고부터 해결했다. 그리고 사흘이 지난 후에야 헌 책 보따리를 풀어보게 되었다. 『매혹』이란 소설책을 먼저 손에 들었다. 먹빛 바탕에 유건을 쓴 유자의 모습이 희미하게 숨겨진 표지 그림에서 중후한 멋이 배어났다. Y는 첫장을 넘기면서 중얼거렸다. "아무리 그래도 그렇지, 저자가 사인까지 해서 보낸 책을 헌책방에 넘긴 신부님이라니. 이렇게 정중하게 쓴 인사말은 어쩌라고!……." Y가 '작가의 말'을 읽고 나서 다음 장을 넘겨 목차 페이지를 펼치는 순간이었다. "으악! 도대체 이게 뭐야? 그런데, 왜 이게 여기 끼어 있어?" 빳빳한 놈 석 장이 알몸으로 끼어 있었다. 그것도 공이 여섯 개씩이나 붙은 놈이. 유씨는 갑자기 얼음물에 빠진 것처럼 오싹 소름이 끼쳤다. K선생에게 먼저 전화를 드려야 할까? 아니면 중고서점에 돌려줘야 하나? 아님, 신부님…… 심장이 콩닥콩닥 뛰며 갈피를 잡을 수 없이 혼란스러웠다.

사건이 있은 지, 보름이 지났건만, Y는 K선생에게 가는 길도 헌책방으로 가는 골목길도 모두 잊었는지 잃었는지 꼼짝도 않고 있다.

끽연가

증미산 아랫동네에 39년째 담배를 피우던 사내가 살고 있었다. 어떤 구박이나 충격 요법에도 끄떡없이 줄기차게 끽연을 즐기는 못 말리는 이무기였다. 그의 부인은 집 안에서의 흡연 구역을 엄격히 제한하였다. 방이나 거실에서는 절대로 흡연을 해서는 안 되고 앞베란다를 허용 공간으로 정해주며 작은 의자까지 내어주었다. 제 건강을 스스로 해치는 것은 탓할 수 없겠지만 식구들의 건강까지 좀먹게 하는 행위는 간접 살인 행위라며, 금연 공간을 지켜줄 것을 단호하게 요구했다.

어느 날 그의 부인이 초강력 충격 요법을 써보기로 하고, 베란다 물청소를 시작했다. 사내는 슬그머니 뒷베란다로 나가 끽연을 하고 얼른 시치미를 떼고 부엌문을 닫고 들어왔다. 앞베란다의 물청소를 끝낸 부인이 뒷베란다도 물청소를 하려고 문을 열고 나갔을 때 방금 뿜어놓은 담배 연기가 몽실몽실 떠다녔다. 그러다 부인의 목구멍으로 쏘옥 넘어갔다. 캑캑 캑 기침을 뱉던 부인의 입에서 앙칼지게 한마디가 쏟아졌다. "어떤 이무기 같은 놈이 뒷 베란다에서 연기를 피우고 방금 사라졌어." 가만히 듣고 있던 사내의 얼굴이 붉으락푸르락 하더니, 이내 표정을 바꿔 점잖게 말했다. "당신, 요즘 장르 바꿨어? 수준 높은 소설만 쓰는 줄 알았더니, 언제부터 그렇게 막장 영화처럼 거친 대사를 치시나?" 그러면서 니코틴이 누렇게 낀 이빨을 드러내고 겸연쩍게 웃었다.

첨탑 꼭대기에서

요 며칠, 바짝 긴장한 상태로 밤잠을 설쳤더니 좀 노곤하군요. 태풍 '나비'가 완전히 동해상을 빠져나갈 때까지는 촉각이 곤두서 있었지요. 저는 세력이 팽창되어 충돌하는 놈들을 눈 깜짝할 사이에 잡아먹거나 초전박살을 내야 하는 운명을 가진 존재올시다. 다행히 나비는 도심 하늘에 떠돌던 불온한 놈들만 말끔히 몰고 갔어요. 그의 날갯짓이 대단하다는 걸 오늘 아침 하늘을 보고 알았죠. 한꺼풀 때를 벗겨낸 듯 서울 하늘 시정(視程) 거리가 70킬로미터가 넘어 여의도 63빌딩에서 개성의 송악산 봉우리까지 관측되었다니까요. 저는 키가 작아서 송악산까지는 안 보여요. 하지만 길 건너 이마트 지붕 사이로 푸른 강물과 난지도 하늘공원의 풍력 발전기 날개가 돌아가는 것이 조금 보이죠. 그리고 그 너머로 병풍처럼 둘러쳐져 있는 만경대와 인수봉 백운대를 품은 삼각산 자락과 북한산이 보이죠. 여기까지가 저의 한계지만 이것만이라도 감지덕지해요. 근래에 어디 이렇게 시정이 시원스레 트인 날이 있었던가요. 이처럼 시정 거리가 좋은 날 관측되는 풍경화를 세밀하게 그려놔야겠어요. 정보의 축적이 제 생명의 보배니까요. 아참! 제가 사는 곳은 어디냐고요? 서울 서부권 한강이 유유히 흐르는 증미산 아래에 있는 성당의 첨탑 꼭대기에 살아요.

구름이 충돌할 확률이 백 퍼센트 없는 날은 제가 좀 느긋하게 쉬어요. 그런 날은 무료해서 골목의 전봇대에 매겨진 숫자를 외기도 하고, 이 집 저 집 마당 한편에 있는 꽃밭을 내려다보기도 하며, 제가 있는 곳에서 대각선 방향에 자리하고 있는 대동아파트 베란다를 넘보며 무료한 시간을 보내기도 하지요. '저 집은 어제 넌 빨래를 아직도 안 걷었네'라며 간섭도 하고, '오륙라인 6층 집에 나란히 널린 세 개의 팬티 색깔이 참 예쁜데 안타깝게도 남향 햇빛에 물색이 날리고 있네'라며 쓸데없는 걱정도 하고, '내가 좋아하는 파스텔톤의 손바닥만 한 삼각팬티는 그 집 네살배기 아들 것이고 줄무늬 트렁크팬티는 보나마나 머리통만 큰 덩치 아저씨의 것이며 앞면에 꽃무늬가 수놓아진 연보라색 팬티는 밥은 안 먹고 매일 헬스클럽만 다녀 비쩍 마른 그 집 여주인 것이 틀림없을 거고'라며, 전혀 심오하지 않은 상상을 하며 골목 살림을 훑어보지요. 성스러운 집 첨탑 꼭대기에 앉아서 무슨 관음증 환자처럼 남의 베란다에 널려 있는 팬티나 엿보느냐고요. 천만에요. 세

본업의 한쪽 신경망은 늘 열려 있고 촉수도 살아 있어요, 이렇게 맑은 날에도 말입니다. 왜냐고요? '마른하늘에 날벼락'이라는 속담 때문에 완전히 긴장을 풀 수는 없는 노릇입니다.

이런 나의 얘기를 받아 적고 있는 유(柳)는 처음엔 존재감에 대해서 쓰고 싶었대요. 자신은 늘 존재감이 없는 존재라고⋯⋯. 그는 어떤 모임에 꼬박꼬박 참석했는데도 불구하고 왜 불참했느냐며 벌금을 내라고 전화 받을 때가 무척 당혹스럽다고 하더이다. 심지어 어떤 친구는 엊그제 모임에서 만났으면서 단둘이 마주치면 이게 얼마 만이냐고 인사하는 게 다반사래요. 그래서 평소에는 존재감이 뚜렷하지 않으면서도 기회가 오면 제 존재를 당차게 드러내는 소재를 찾다가 마침내 저를 지목했고 작업을 시작했다지요. 저야말로 평상시엔 존재감이 거의 드러나지 않는 존재지요. 그런데 오늘은 제가 말이 좀 많아서 유가 핵심을 놓치고 말았다네요. 내포작가에게 휘둘리어 또 그가 쓰고자 했던 단초에서 많이 벗어났다고 마무리를 짓지 못하고 뽀로통하군요. 아이고, 불쌍한 유씨!

옹(翁)과 환(幻)의 대화

翁 : 우째! 날이 끄무레한 게 빗방울이 떨어질 것 같기도 하고, 바람도 한 점 없는데 물비린내는 지독하게 풍기고, 우울한 봄날이 저물어가오.

幻 : 이것 보시오, 류 영감! 왜 그리 만날 눈물을 찔찔 짜며 주접을 떠시는지. 날씨도 우중충한데.

翁 : 어라! 시방 누가 나를 류 영감이라고 부르시는가? 아무도 없는데…….

幻 : 누구긴요? 이 무덤의 주인이지. 날마다 내 발치께에 와서 눈물을 찔끔거리며 소주를 푸면서 유택의 주인장도 몰라보다니. 당신은 참으로 무례한 사람이오. 거, 주인장께 소주 한잔 부어 올리면 어디 동티라도 날까 봐 당신만 홀짝거리며 입 싹 닦으시오? 인정머리도 없는 늙은이 같으니라고. 당신이 해 질 녘이면 이 자리에 찾아와 강물을 내려다보며 한숨을 들이쉬고 내쉬어서 나도

엄청 스트레스를 받는다오. 여기 있는 내 이웃 혼령들도 그렇고. 하지만 무심한 게 정이라고 어느새 당신과 정이 살짝 들었나 보오. 오늘은 내가 당신 얘기를 차분히 들어줄 테니 한번 말해보시구려. 왜 그렇게 찔찔 짜며 주접을 떠시는지.

翁 : 아니, 이래봬도 내가 과거에 한자리 했던 사람인데, 근본도 모르는 당신에게 뭘 떠벌리라는 것이오. 가당찮은 말씀 마오.

幻 : 아하! 그렇군요. 나는 당신을 알지만 당신은 나를 모를 수밖에 없지.

幻 : 나로 말할 것 같으면, 지금으로부터 꼭 백 년 전에 죽은 지(池)가의 혼령이요. 죽기 전엔 이 산기슭 동네에서 살았지요. 그때는 한 30여 호가 옹기종기 모여 살던 농어촌 부락이었다오. 커다란 소금 창고가 두어 동 있었고 현재는 저 우성아파트 입구 오동나무가 서 있는 그 자리지요. 아마 '염창'이란 표지석이 지금도 있지 싶은데. 한양 경기 사람들이 먹어야 할 소금을 저장했던 큰 창고였지요. 염창 나루에 배가 들면 소금 가마니를 창고까지 이적할 일꾼들이 모여들었고 동네가 시끌벅적했더랬지요. 그보다 더 재미가 쏠쏠했던 것은 따로 있지요. 미곡을 잔뜩 실은 전라 충청 지방의 세곡선이 마포나 용산으로 올라가다가 요 앞 난지도 맞은편에 있던 암초에 부딪쳐 배가 뒤집히거나 반파되어 그 많은 백미가 강물에 풍당 빠지는 일이 자주 발생했었소. 어둠이 내

리면 이 동네 사람들이 그걸 몰래 건져다 떡도 해 먹고 술도 빚어 먹던 때가 있었지요. 그래서 이 산 이름이 건질 증(拯)자에 쌀 미(米)자를 써서 증미산(拯米山)이라고 불리어졌다오. 내가 한창 젊었을 때는 어깨가 낭창낭창했었소이다. 소금 한 가마니를 지고도 휘파람 불며 내달릴 정도였으니까. 여름날엔 어깨에 소금기와 땀국이 절어 짓물렀고 옴두꺼비처럼 더께가 앉기도 했죠. 그래도 나는 환갑을 넘겼고 그때 나이로는 꽤나 장수한 남자였지요. 나는 본디 갱갱이(강경) 사람이었소.

翁 : 묘지석이 없어 당신을 몰라보아 죄송하오. 이제 잘 알겠소이다. 강경 사람 지씨였다고. 나는 평생을 초등학교 훈장 노릇만 했고 교장으로 정년퇴임을 한 류가입지요. 그런데 내 생의 유일한 꽃이었던 마누라가 먼저 갔소이다, 벌써 3년 전에. 위암을 앓다가 겨릅대처럼 마른 몸피로 떠나고 말았지요. 아아! 아내의 손길이 너무 그리워…… 으흐흑.

幻 : 아니, 이렇게 쪼다리 같은 늙은이가 있나. 지금 당신 나이가 몇 살인데 마누라가 그립다고 찔끔거리시오. 어서 콧물이나 닦으시오. 오래전부터 거시기도 안 될 나이구먼.

翁 : 그러게, 말이오. 나도 내가 이렇게 바보인 줄 마누라가 떠나고야 알았소이다. 나는 양말 한 짝도 내 손으로 사본 적이 없고 마누라 손맛에만 입맛이 들어 살았었소. 통 입맛을 잃어버린 요

즘 아침 저녁으로 소주만 마시며 연명하고 있다오, 새우젓 안주에다 소주 반 병으로. 늘 따끈한 공양에 깨끗한 의복을 챙겨주는 마누라 치마폭에 싸여서 오직 학교만 오가며 살았었지요. 여자의 손길이 사무치도록 그립소이다. 빨리 여자 곁으로 가고 싶소.

幻 : 이봐요, 류씨, 당신 얘기를 듣고 있자니 내가 눈물이 절로 나오. 나는 평생 노총각으로 늙어 죽은 몽달귀신이라 부부의 애틋한 정을 모르고 살았소이다. 으흐흑, 불쌍한 이 지가 신세. 오늘 참말로 속상한디, 내게도 소주 한잔 따라주시오. 그러면 오늘밤 내가 저승사자를 만나 특별히 **빽**을 써볼 테니까. 이미 코가 빨갛게 물든 아주 불쌍한 홀아비 한 사람을 급행으로 데려와야 할 것 같다고 말입니다.

翁 : 아니, 아니 그게 아닌데……. 나는 일편단심 민들레가 아니라 버드나무요. 어디든 새로운 땅을 찾아 날아갈 수 있는 유전자가 가벼운 영혼. 새로운 이쁜 꽃을 데려다주면 더없이 참으로 고마울 텐데……. 아, 아! 산 자와 죽은 자의 커뮤니케이션은 어찌할 수가 없나 보구려!

6

별종들

작업반장 조씨

3월 중순인데도 바람 끝이 차다. 새벽녘까지도 몹시 비바람이 치더니 이제 빗줄기는 그쳤지만 바람은 여전했다. 얇은 봄 스커트를 입은 아가씨들이 빨려들듯 지하철 입구로 종종걸음치며 들어선다. 품 안으로 집요하게 파고드는 바람을 막으려 조씨는 점퍼의 지퍼를 목까지 끌어올려 호크를 채우고 마지막 계단을 내려섰다. 당산철교 밑으로 한바탕 회오리바람이 몰려와 그의 몸을 사정없이 흔들고 지나갔다. 덕분에 남아 있던 술기운이 싸아악 가셔버렸다. 조씨는 황급히 환승 버스 정류장으로 내달린다. 비바람이 심하게 친 날은 여지없이 일과가 비상 작업으로 시작되기 때문에 출근 시간을 반 시간가량 앞당겨 나왔다.

조씨는 현재 한전 협력업체에서 작업반장으로 일하고 있다. 처음부터 반장으로 일했던 것은 아니고 2년 전부터 일용직 작업부로 일하다 작년 말에 반장으로 고속 승진을 했다. 지금은 바스켓 트럭을 타고 주로 배전선로의 고난도 일을 한다. 책임자의 말귀를 잘 알아듣고 지시자보다 오히려 고장 원인을 더 빨리 분석해 내는 실력을 인정받았기 때문이다. 전력 분야 일이야 원래 조씨의 전공 분야이기도 하다. 이 땅에 산업 발전이 한창일 때 굵직굵직한 여러 공장을 설계한 경험이 있고 신공법으로 공장 신축을 감독했던 베테랑 엔지니어였다. IMF 체제 때만 해도 개인이 현금 2억 5천만 원을 한 손에 쥐어본다는 것은 대단한 희열이었다. 회사에서는 5년치의 월급까지 위로금으로 얹어줄 테니 '조기 희망 퇴직'을 하라고 들볶았다. 40세 이상의 간부들 책상 위로 아침마다 칼날처럼 섬뜩한 신청 서류가 날아들었다. 그렇지 않아도 더 나이 먹기 전에 풍력발전에 의한 집합 충전 관리 시스템 개발을 해보고 싶었던 조씨는 웬 횡재냐 싶어 1순위로 퇴직 신청을 냈다. 우선 그 돈으로 독일로 견학을 떠났고 유럽과 북미를 돌아보며 풍력발전 시설을 꼼꼼히 살펴보기로 했다. 무시로 발전된 전기를 방전 없이 쟁여놓을 수 있는 시스템만 개발한다면 돈은 벼락처럼 쏟아질 것이고 전기공학계에 기념비적인 업적을 세운 과학자로 기록될 것이다. 프로젝트는 더없이 훌륭했지만 안타깝게도 투자자를 구하지 못해 이 프로젝트는 사장되고 말았다.

어젯밤 늦게까지 마신 술 때문에 조씨는 쓰린 속을 달래려 자판기 커피 한 잔을 뽑아들고 한전 배전선로반장을 기다리고 있었다. 오늘처럼 이렇게 책임자가 늦게 출현하는 날이면 틀림없이 신고 건수가 많이 들어와 작업량이 만만치 않다는 증거였다. 연일 바람이 세찼고 어젯밤은 비바람까지 쳤으니 뻔한 일 아니겠는가. 고동색 동복 유니폼을 입은 직원이 두툼한 A4용지 리스트를 들고 사무실 문을 나왔다. 각 조별로 작업 지시를 받으면 현장으로 곧장 출동이다. 오늘 조씨가 받아든 작업량은 일곱 건이다. 지적도도 없이 전신주 번호만 봐도 조씨의 머릿속엔 그 골목의 건물들과 전봇대 위치까지가 훤히 그려졌다. 7.No[9425 F003 염창간74 L17] 염창동 증미산길 삼천리아파트 입구에서 두 번째 전봇대 그곳이 오늘 마지막 출동 장소이다.

'봄바람 부는 날은 까치집 짓는 날, 우리는 까치와 전쟁하는 날'이라고 사무실에 표어로 붙여놓을 정도로 배전선로반에선 바람 부는 봄날을 두려워했다. 조씨 일행이 바스켓 트럭을 몰고 골목에 들어서자 조짐을 안다는 듯 까치 두 마리가 사납게 짖어댄다. 조씨 일행의 눈알이라도 파먹을 듯이 머리 위로 빙빙 돌며 까악 까악 날카롭게 짖어댔다. 트럭은 전봇대 밑을 조금 비껴 세워져서 사다리를 들어올렸다. 조씨는 바스켓에 올라서서 견고하게 지어진 집 한 채를 플라스틱 갈퀴로 헐기 시작했다. 요즘 까치집 재료는 아주 다양했다. 나뭇가지뿐만 아니라 플라스틱 조각, 진선 토막, 베니어판, 심지어는 쇠꼬챙이 등도 있었다. 이런 무게를 어떻게 감당했을까 싶을 정도로 철근 토막까지도 재료로 쓰인다. 신고를 했던 아파트 관리소장이 나와 철거된 재료를 확인하고는 혀를 찼다, 모든 생물이 날로 악랄해져간다며……. 필사적으로 짖어대는 놈들을 보고 너무 가혹한 행위가 아니냐고 철거반원들에게 눈을 흘기며 지나가는 입주민들도 있었다. 늘 하늘을 올려다보며 작업하는 조씨도 영 마음이 편치 않다. 맞은편 교회 지붕 끄트머리에 앉아서 노려보던 산란이 임박한 놈의 눈길이 섬뜩하게 느껴졌다. 조씨는 눈을 질끈 감고 해 질 녘까지 일곱 건의 작업량을 무사히 해냈다. 횡행으로 마구 날아들며 짖어대던 놈들도 포기했는지 작업이 끝나갈 무렵엔 슬그머니 사라지고 없었다.

퇴근 후, 종일 얼었던 몸을 녹이느라 포장마차에서 열두 병의 소주를 동료들과 해치운 조씨는 느지막이 지하철을 탔다. 그런데 이게 웬일인가? 동네 골목에 들어서던 조씨는 소스라쳐 놀라 기절할 뻔했다. 조씨가 세 들어 살던 연립주택이 흔적도 없이 사라져버린 것이다. 붉은 황토 속살을 드러낸 대지만 납작 엎드려 있었다. 어젯밤까지만 해도 대책회의를 하고 술을 나눠 마셨던 세 평짜리 컨테이너도 감쪽같이 사라졌다, '세입자비상대책회의사무실'이란 커다란 입간판을 달고 연립 입구에 서 있던 조립식 컨테이너 박스까지 사라진 것이다.

그날 밤, 빈터에 퍼질러 앉아 밤새도록 까악까악 울어대는 조씨의 울음소리에 온 동네 사람들이 밤잠을 설쳤다.

쟁기

어느 철학자가 말했다, 소의 뿔은 들이받고자 하는 욕망 때문에 솟아난 결과물이라고.

맙소사! 날밤을 꼬박 새워 작성한 원고를 갈아엎다니? 그것도 잠깐 세수하고 온 사이에. K는 앉지도 서지도 못한 채 무참하게 비워진 모니터만 바라보고 있다. 앞자리의 블랙킬러(팀장)는 눈길 한번 흔들지 않고 자판을 두들겨댔다. 손가락 끝이 보이지 않을 정도로 내달렸다. 골이 텅 빈 것 같아 아무것도 할 수 없는 K는 그를 노려보고만 있다. 채 30분도 지나지 않아 여섯 페이지의 원고를 거뜬히 끝낸 블랙킬러는 디자인팀에 원고를 날리고 안경을 벗으며 일어섰다.

"야! 이 새꺄! 그걸 글이라고 써 올리냐. 기획회의 때 내가 누누이 얘기했지. 서정 시대 문장은 이제 석관에 가둬버리고, 컨셉에

맞게 간결하면서도 반짝반짝 빛나는 도발적인 카피 문장으로 쓰라고……. 그땐 귓구멍 틀어막고 콧구멍으로 들었냐! 인마!"

본의를 벗어난 말들이 타다타다 종잡을 수 없이 튀어나갔다.

"너, 지난번 마감 때도 나를 생똥 나오게 만들더니, 또 최종 마감까지 어기면서 그따위 괴발개발 원고야! 이 새꺄!"

그의 관자놀이 힘줄이 꿈틀꿈틀 터질 것처럼 부풀어 올랐다. 그랬다. 최종 마감 시간인 어젯밤 12시까지도 원고를 넘기지 못한 K가 새벽까지 눈을 부릅뜨고 작성한 원고였다. 적어도 오전 10시 전까지는 디자인과 레이아웃을 끝내고 인쇄소로 넘겨야 하는 전쟁의 시간에 돌입한 상황이었다. 하늘이 두 쪽 나도 매월 첫날 사보가 나와야 하는 이유는 분명했다. 그래야 갑(甲)과 을(乙)의 계약 관계가 유지되고 K의 회사인 을이 살아남을 길이며 또한 이 사보 대행팀의 밥줄 역시도 유지될 것이기 때문이다.

마감을 끝낸 이튿날, K의 책상 앞에 사진 한 장이 붙었다. 네 귀퉁이가 압핀으로 꼼꼼하게 꽂힌 엽서 한 장 크기의 그림이었다. 두 마리의 암소가 끄는 쟁기가 그려진 김홍도의 풍속도가 인쇄된 그림이었다. 그런데 유난히 쟁깃날 부분이 하얗게 빛났다. 가까이 들여다보니 그곳에 은색 펄을 덧입힌 자국이 선명했다. 그 어떤 땅이라도 확실하게 갈아엎고도 남을 태세로 반짝반짝 빛나는 쟁깃날이 선명했다.

"네 책상 앞에 붙은 그 그림이 뭐냐?"

블랙킬러가 K를 보며 조용히 물었다.

"보시면 모르겠습니까? 쟁기입니다."

한치의 망설임도 없이 K의 대답이 튀어나왔다.

"내가 보기엔 김홍도의 풍속도인데, 밭갈이 하는 겨릿소의 그림."

블랙킬러의 전공인 미학 강의가 길어질 태세였다. K가 잽싸게 말머리를 끊고 받아쳤다.

"3년 후쯤에 제가 쓸 쟁기입니다. 지금부터 날을 벼려두었다가 확실하게 쓰려고요."

"어쭈! 그거 듣던 중 반가운 소리네. 제발 그렇게 갈아엎어지길 간절히 기대하마! 하지만 나는 어제 일은 다 잊어버렸다, 내 머릿속의 해마가 냠냠 다 먹어치웠어. 어서 맛난 즘심이나 먹으러 가자!"

경인년 4월 첫날, 춘분을 지난 짱짱한 햇살이 사무실 테이블 위까지 깊숙이 비쳐들었다. 신입사원 K는 그렇게 마감을 세 번 쳤고 수습 딱지를 떼어가고 있었다. '소의 뿔이 들이받고자 하는 욕망 때문에 솟아난 결과물'이라면, 갈아엎고자 하는 쟁기의 욕망 역시도 어떤 결과를 낼 것이라고, 기대하면서. 3년 후쯤⋯⋯.

짝귀

짝귀 아재의 장례 미사다. 일편단심 천주교 신자로 살아온 아재의 소원대로 고향 성당에서 발인제가 치러지고 있다.

아재는 태어날 때부터 한쪽 귀가 생기다 만 배냇병신이어서 사람들은 그냥 그를 어릴 때부터 짝귀라고 불렀다. 다른 신체 부위는 정상적으로 발육이 되는데 한쪽 귀만 자라지 않는 장애자였다. 어른이 되고도 엄지손톱만 한 그의 귀는 늘 벙거지나 귀마개로 가려져 더욱 들리지 않았다. 그런 그가 일찍이 도시로 진출했다. 대전역에서 베테랑 지게꾼으로 살아가며 자식들을 지독하게 공부시켰다. 그중 둘째 아들이 사법고시를 패스하고 영감(令監)이 되자 아비의 지게꾼 노릇을 말렸다. 그에게는 통하지 않는 효도 방식이었다. 아무리 말려도 듣지 않자 지게를 부숴버리고 그의 고향으로 어머니와 함께 이사를 시켰다. 그리고 깨끗한 옷을 입혀 집 안에 연금시켰다. 어느 날 그는 깨끗한 옷을 벗어놓고 짐쪽

같이 사라졌다. 몇 년의 세월이 흘러 누군가의 눈에 띄었다, 그가 짐을 지고 걸어가는 평화로운 뒷모습이. 여전히 지게꾼으로, 대전역 명물로 자리를 지켜가고 있었다.

짝귀의 아들은 아비의 귀를 닮지 않고 유난히 두 귀가 밝았다. 그래서 일찍부터 그들 그룹 사법연수원 동기들보다 앞서나갔다. 오래전에 여의도까지 진출해서 금배지를 달았다. 그런데 언제부턴가 아들의 귀에 이상이 생기기 시작했다. 작은 소리들이 점점 들리지 않는 것이었다. 쓴소리는 귓등으로 흘려보내고 단 소리만 집중해서 들으려는 편집증세까지 겹쳐졌다. 아비는 아들에게 조용히 타일렀다. 짝귀가 되고 싶지 않거들랑, 진즉부터 경증일 때 귀지를 자주 파내고 청소하라고.

시골 예배당엔 모처럼 사람들로 꽉 차서 발 디딜 틈조차 없었다. 예배당이 세워진 이래 최고의 인파가 모였다. 아니, 턱없이 비좁아서 많은 조문객들은 마당에서 머리를 조아렸다. 짝귀의 동료들과 그와 친하고 싶어 하는 또 다른 짝귀들로 인산인해를 이뤘다. 장례 미사는 엄숙하고 경건하게 치러졌다. 오늘의 많은 짝귀들이 고개를 숙이고 고인의 명복을 빌고 있었다.

먹물꽃

나, 연꽃을 보았지.

진흙 속에 뿌리를 박고 피어난 연꽃 말고

먹물을 거름으로 해서 피어난 연꽃.

그대는 먹물들의 분탕질 늪을 벗어나 홀로 피어 있는 청아한 연꽃이었지.

만년 시간강사로 뛰면서도 늘 최선을 다하는 Ryu박!

급성 중독

등산용 재킷과 선글라스를 뒷좌석에 던져놓은 노신부는 신발 끈을 다부지게 고쳐 매고 어금니를 한 번 꽉 깨물고는 승용차에 잽싸게 올라탔다. 순간 관자놀이 힘줄이 불거져 양쪽으로 팽팽하게 날이 섰다. 비장한 각오라도 한 듯 눈빛에 엄혹함이 서렸다. 그 사람 태도가 처음부터 마음에 들지 않았어. 시베리아허스키의 털처럼 탈색한 머리칼도 봐주기 그랬는데 웨이브파마까지 해서 길게 늘어뜨린 꼴이라니. 거기다 진홍색 스쿠프까지 끌고, 완전 날라리 아니었던가? 노신부는 보좌신부가 처음 사제관으로 찾아왔을 때의 모습을 상기하며 혼잣말로 중얼거렸다. 두 시간 앞서 떠나보냈으니, 지금쯤은 피크에 달했겠지. 그래, 걸리기만 해봐라, 꼬투리를 잡아 이제부터 시집살이를 단단히 시킬 테니. 노신부는 자기도 모르게 액셀러레이터를 점점 세게 밟아간다.

새벽 미사를 마친 노신부는 보좌신부를 불렀다.

"연일 장맛비가 내렸으니 공소마다 들러서 피해 상황을 파악하고 본당에서 급히 지원할 게 무엇인지 알아보게. 그리고 청소년 여름 캠프 계획은 준비가 잘 돼가고 있는지 중간 점검을 하고, 이번엔 신청 학생 수가 많아서 안전 문제에 각별히 신경을 써야 할 거야. 시간이 좀 걸리더라도 두루 살피고 오시게. 이번 달 성시간 예절은 내가 맡겠으니 본당 스케줄 걱정은 하지 마시고."

노신부는 세심하게 타일렀다.

아침 식사를 끝낸 보좌신부는 제의와 미사 도구를 챙겨 들고 서둘러 관할 공소를 향해 떠났다. 처음 제보가 들어왔을 때는 노신부도 묵살해버렸다. 사람을 잘못 보았겠지, 비슷하거나 닮은 사람이었겠지? 그러나 두 사람, 세 사람이 틀림없이 보았다고 귀뜸을 해올 때는 노신부로서도 흔들리지 않을 수 없었다. 현장에서 직접 확인하고 현장범으로 잡는 수밖에.

42번 국도를 따라 검은색 르망 한 대가 쏜살같이 달린다. 주천역을 지나자 '강원랜드/카지노'란 커다란 입간판이 서 있다. 삼거리에서 신호를 받아 좌회전을 한 차는 산속으로 난 신도로로 접어들었다. 한참을 달려도 건물 따위는 나타나지 않고 검은 도로만 뱀꼬리처럼 산을 휘감아 이어졌다. 몇 굽이를 돌고 돌아서야 뾰족뾰족한 지붕의 거대한 유리성이 나타났다. 그야말로 숲 속의 유리 궁선이었나. 야외 주차징엔 차들이 삐곡히 들이치 있었다.

차량 번호들이 전국구다. 노신부의 가슴이 괜스레 두근거리기 시작했다. 뒷좌석의 재킷을 꺼내 입고 짙은 갈색 선글라스도 썼다. 셔츠의 로만칼라가 보일까 봐 재킷 지퍼를 목까지 끌어올려 호크를 채운다. 챙이 긴 야구 모자를 깊숙이 눌러써 흰 머리카락도 감췄다. 로비에서 신분증과 함께 5천 원을 내고 입장 티켓을 샀다.

황금 터널을 연상하는 아치형 검색대를 통과해서 메인 카지노장으로 들어섰다. 노신부는 입을 다물지 못했다. 홀의 규모에 놀랐고, 평일인데도 불구하고 이 많은 사람들이 쉴 새 없이 돌려대는 기계의 수에 더 놀랐다. 노신부는 우선 맨 입구에 있는 블랙잭 게임 테이블부터 기웃거렸다. 어깨 너머로 열심히 들여다보지만 짧은 시간에 룰을 익힐 성싶지가 않다. 바카라, 룰렛, 다이사이게임 테이블을 차례로 훑어보았지만 도저히 읽어낼 수가 없다. 큰 수레바퀴를 돌려 스톱바가 멈춰진 자리의 숫자를 맞춘 사람이 돈을 따는 빅힐 게임 정도밖에는 이해가 되지 않았다. '노름도 머리가 좋아야 할 수 있는 것이구나' 하고 노신부는 혼잣말로 중얼거린다. 게임 종류를 차례로 둘러본 노신부는 이제 슬롯머신에 앉아 버튼을 눌러대는 사람들 뒷모습과 옆모습을 훑고 다닌다. 대충 돌아보았을 뿐인데 다리가 휘청거렸고 어지럼증까지 일었다. 이러다가는 지레 지쳐 일을 망칠 것만 같았다.

노신부는 조금 쉴 겸해서 커피 한 잔을 마시려고 홀 중앙에 있는 라운지 커피숍에 들렀다. 자리에 앉아 메뉴판을 들여다보던 노신부는 선글라스를 벗고 손으로 눈을 비볐다. 분명 잘못 본 숫자가 아닌데, 제일 싼 커피 한 잔 값이 8천 원이었다. 노신부는 슬며시 메뉴판을 놓고 일어나 커피숍을 걸어 나온다. 커피숍 계단을 내려서려는데 바로 옆에서 물결무늬 파마머리가 파도를 친다. 여러 대의 슬롯머신(프로그레시브잭판)을 연결해서 한꺼번에 버튼을 눌러대는 선수가 막 달리고 있다. 스포츠 모자를 뒤로 둘러쓴 선수는 어깨를 툭 쳐도 반응이 없다. 쉴 새 없이 돌아가는 다섯 대의 모니터를 초인적 시력으로 읽어내고 있다. 사람 손짓 따위는 관심도 없다는 표정이다. 한참을 지켜보던 노신부는 뒤에서 선수의 눈을 가려버렸다.

"안 신부, 이래도 되는 건가?"

그제야 버튼에서 손을 뗀 선수가 이맛살을 찌푸리며 얼굴을 똑바로 쳐들었다.

"저는 신부가 아닌데요. 제, 제, 형이 신분데요."

"그러면 그렇지."

노신부는 성호를 그으며 아멘 하고 가슴을 쓸어내린다.

"이봐, 선수, 내가 뒤에서 지켜보았더니 자넨 완전 중독자 같네. 이제 그만 손 씻고 나랑 내려감세."

"아이 참! 김새게…… 신부님도 한번 당겨보실레요. 잉킹 쓴이

질 때 손맛이 어떤지 한번 느껴보실래요."

선수는 눈도 맞추지 않고 코인 한 줌을 노신부에게 건넸다. 노신부는 두 시간 이상 어깨너머로 학습한 것을 테스트해볼 겸해서 코인 세 개를 투입하고 조심스럽게 버튼을 눌렀다. 레몬 그림이 대각선으로 어긋났다. 꽝! 이다. 왼손엔 일곱 개의 코인이 남아 있었다. 노신부는 옆자리로 옮겨 다시 세 개의 코인을 투입하고 핸들을 당겼다. 차륵 차륵 차르르륵…… 60개의 코인이 마구 쏟아졌다. 노신부는 물결머리 선수에게 코인 열 개를 갚았다. 그러고도 쉰네 개가 남았다. 공짜로 얻어진 것이니 소비를 다하고 가야겠지. 노신부는 본격적으로 자리에 앉았다. 세 개를 투입하고 한 번씩 누르던 것을 한꺼번에 스물한 개를 투입했다. 일곱 번을 연거푸 누를 수 있다. 꽝, 꽝, 열다섯 또 꽝…… 이제 두 번만 더 당기면 60개가 다 소비될 찰나다. 여섯 개의 코인을 든 노신부는 스틱머신 앞으로 자리를 옮긴다. 이번엔 여섯 개를 한 번에 투입했다. 손아귀의 힘을 빼고 핸들을 슬쩍 당겼다. 순간 땡땡땡 종이 울렸다. 검정색 싱글 정장을 입은 직원이 뛰어왔다. 기계를 고장 낸 줄 알고 얼굴이 홍당무처럼 붉어진 노신부는 몸 둘 바를 몰라 쩔쩔맸다. 사람들이 일제히 일어나 박수를 쳤다.

"손님, 70만 원 이상이면 저기 있는 캐시박스에서 직접 현금으로도 지급을 해드립니다." 건장한 직원이 허리를 90도로 굽혀 인사하고 캐시박스 앞으로 그를 안내했다.

노신부는 초인 선수에게 인심을 듬뿍 썼다. 코인의 절반을 나누어주고 다시 자리를 골라 앉았다. 이제 모자와 선글라스도 벗어 던지고 본격적으로 당길 기세다. 노신부는 무아지경에 빠져들었다. 어지럼증과 허기도 잊은 채 슬롯머신과 일심동체가 되었다. 그런데 누군가가 어깨를 툭 친다.

"신부님, 단단히 중독되셨군요. 급성 중독이 더 무서운 건데."

시베리아허스키의 탈색 머리가 노신부를 부축해서 일으켜 세웠다.

"신부님, 이마에 땀 좀 닦으세요."

보좌신부는 노신부에게 손수건을 건넨다.

"어이 참! 동생 놈을 잡으러 왔다가, 노신부님까지 잡다니……."

먹물 1

내 머릿속의 말랑말랑했던 뇌수를 다 먹어치우고

그곳에 똥집을 견고하게 지어놓은 탐욕스런 포식자여!

제발 이제 떠나다오, 너의 무게에 짓눌린 내 가녀린 목이 꺾일 지경이라오.

나 아닌 문자의 폭식자여!

먹물 2

밤새 키를 재던 서릿발이 제 발목을 툭툭 부러뜨리며 주저앉는
아침이다.

새내기 농부가 텅 빈 밭을 갈고 있다.

한세월 내린 서릿발을 허옇게 뒤집어쓴 백수광부가 지나가며
말을 던졌다.

"허허! 입동 지난 땅을 뭣할라고 가는겨."

새내기 농부는 속살 드러낸 보드라운 흙에서 검은 진주를 캐듯
폐비닐 조각들을 들춰내며 대답했다.

"예, 어르신. 제 머릿속 먹물을 뽑는 중이랍니다."

밭을 가는 농부의 손끝이 가늘게 떨리는 늦가을 아침.

까치 한 마리가 감나무 꼭대기에 앉아 카악카악 헛기침을 하며
새내기 농부를 감독하고 있다.

✼ 새내기 농부는 3년 전만 해도 먹물의 힘으로 밥을 벌던 일간지 신문기자였다.

반추동물의 입냄새

그녀 입에선 늘 반추동물의 입냄새가 났다, 수백 번 되새김질하여 잘근잘근 씹혀진 질료들.

도서관에 앉아 수백 권 뜯어먹은 검은 문자들을 밤마다 되새김질하는 그녀. 그윽한 잠향(潛香)이 묻어나길 고대하며 편편이 쌓아올린 종이 제단들.

오늘도 고단한 집자노동은 길어지고, 성채의 윤곽은 또 안개 속으로 무너져버리고······

그녀는 검은 언어들을 잘근잘근 씹고, 가을밤은 속절없이 깊어만 간다.

그녀 입에선 펄프 냄새가 났다, 반추동물의 그것처럼 아직 덜삭은 풋내가.

세상의 소금이 되고자 했던 사람들

'세상의 빛과 소금'이 되고자 했던 몇몇 사람들이 오랫동안 만남을 가져왔다. 1년에 두어 번 정기 모임을 했고 가끔 후원회 회원들을 위한 소수의 피정이나 세미나를 열기도 했다. 수도 공동체인 신부와 수녀들이 주 구성원인 만큼 어디까지나 조용한 모임으로 이루어졌다. 가뭄에 콩 나듯이 증원이 되기도 했고 탈퇴하는 회원도 생겨 정원은 크게 들쑥날쑥하지 않고 예닐곱 명을 유지해갔다.

소금이 필요한 세상은 점점 늘어가는데 그들은 세월이 갈수록 염기가 빠져 맹탕에 가까워졌다고 조바심을 쳤다. 지난 연말 총회 때는 각자 심오한 자아비판을 했고 원년의 참뜻을 기리자는 갱신식을 갖기도 했다. 진짜 소금이 되기 위해서는 암염(巖鹽)의 진맛을 한번 보아야 한다며 중론이 모아졌다. 그리고 소금 광맥

이 있는 곳을 수소문했고 세계 최고의 소금 광산이 있다는 폴란드 크라카우를 향해 길을 떠났다.

　그들이 동유럽에 도착했을 때는 3월 중순이었다. 그들은 폴란드와 슬로바키아의 국경 지대인 타트라 산맥을 넘고 있었다. 빽빽한 전나무 숲엔 아직 봄이 올 기미가 보이지 않았다. 그날은 폭설까지 겹쳐 눈 무게를 견디지 못한 침엽수들이 허리를 툭툭 부러뜨리며 자빠졌다. 그들이 탄 미니버스가 슬로바키아의 국경을 넘기도 전에 어둠이 몰려왔다. 동유럽의 알프스라 불리는 풍광을 아슬아슬하게 감추고 고도의 험로가 이어졌다. 꽈배기처럼 사정없이 휘도는 급경사 오르막을 힘겹게 오르던 차는 뱅그르르 두 바퀴를 돌더니 멈춰버렸다. 어둠은 점점 깊어오는데 차는 꼼짝도 하지 않았다. 체코인 드라이버는 시동을 걸다 끄기를 반복하며 비상 랜턴을 들고 부지런히 움직였지만 한 바퀴도 진행시키지 못했다. 밖으로 나온 일행들이 뒤에서 차를 밀어 올린다는 것이 그만 전나무 숲에 처박아버리는 불상사가 일어났다. 기온은 급격히 떨어지고 눈발은 하염없이 쏟아졌다. 눈사람이 된 수녀들은 울며 기도를 올렸다. 막내인 부제 한 명은 꺽꺽 울음을 삼키며 노래를 부르기도 했다. 먹물처럼 깜깜한 숲 속에 소금 기둥들이 하나둘 솟기 시작했다.

이튿날 비엘리츠카(Weliczka) 소금 광산 앞에 버스를 세워두고 그들은 지하 700미터의 소금 광산으로 내려갔다. 한데, 그들은 해가 지도록 돌아오지 않았다. 체코인 기사 이반은 이틀 동안 꼬박 버스 안에서 기다렸건만 그들은 광산에서 나오지 않았다. 바람도 불지 않던 날, 소금 광산으로 들어간 그들은 소금 광맥 속으로 잠복해버렸는지 소식이 캄캄하다. 오늘까지도 귀국하지 않았다.

7

천지자연이
나의 스승

불무골의 여름밤

불무골의 여름밤은 턱없이 짧았다.

난생처음 해보는 산판 일은 까무러칠 듯 힘이 들었고 상철은 저녁밥을 먹자마자 곯아떨어졌다. 코를 꿰어 끌고 가도 모를 정도로 깊은 잠에 빠졌다. 새벽녘에 오줌을 누려고 일어나보면 젊은 몸뚱어리들이 여기저기 흩어져 짐승처럼 거친 숨을 토해냈다. 한쪽 구석에서 순임만이 새우처럼 몸을 웅크린 채 쌔근거렸다. 상철은 줄기차게 쏟아지는 오줌발을 옥수수밭에 갈기고 토방으로 올라서는데 섬광처럼 빠른 빛이 정수리를 쨍 하고 긁고 지나갔다. 밤하늘엔 허리가 휘청한 하현달만이 무심히 떠 있는데. 마치 번개 맞은 대추나무처럼 그전의 모든 정체성은 어디로 다 날아가버리고 단단한 것만 용틀임치는 무서운 시간이었다. 그는 병든 늑대처럼 등을 낮춰 살금살금 순임 곁으로 기어들었다. 향긋한 살냄새가 정신을 혼미하게 흩뜨렸다. 단단해진 아랫것이 더 이상 참을 수가 없다고 아우성을 쳤다. 상철은 곤히 잠든 새우 한 마리를 들쳐 업고 마당을 가로질러 헛간 건초 더미에 부렸다. 깊은 하늘은 검은 수정이 쏟아져 내릴 듯이 투명했고 사위는 고요했다. 건초 더미 위로 쪽빛 월광이 새들었다. 곧이어 병든 늑대가 우엉우엉 울었고 새우가 팔딱팔딱 튀는 물비늘 소리가 났다. 얇은 성벽은 살얼음처럼 쉽게 깨졌고 성안은 까무러칠 듯 황홀했다. 살얼음 조각이 산산이 부서져 속살에 박히듯 발끝에서 머리 끝까지 아찔하게 전류가 흘렀다. 눈썹 한 올도 까딱할 수 없을 정도로 한곳으로 힘이 빠져나갔다.

그해 여름 상철은 제대를 하고 복학을 준비하고 있었다. 소읍에서 멀리 떨어진 친구네 산막에서 산판 일을 하며 여름을 보내고 있었다. 전동톱으로 나무를 쓰러뜨리는 일을 종일토록 했다. 해가 떨어지고 산판 일을 끝내고 내려와 등목을 할라치면 순임은 웃옷을 훌렁 벗어던지고 저부터 먼저 등목을 시켜달라고 엎드렸다. 순임은 수련 봉오리처럼 뽀얀 가슴을 덜렁 드러낸 채 팔을 짚고 개울가에 엎드렸다. 앵두씨처럼 박힌 분홍색 젖꼭지가 복숭앗빛 젖무덤에서 막 피어나려고 소살거렸다. 싼토와 그는 순임의 등을 번갈아가며 문질러주었다. 들락날락하는 정신과는 무관하게 어린 누이의 몸에도 성스러움이 깃드는 계절이었다. 향긋한 살내를 풍겼고 날로 가슴이 봉긋해갔다. 여름 한철을 불무골에서 보낸 상철은 서둘러 서울로 돌아갔다.

상철이 떠나고, 순임은 임신을 했다며 배를 움켜쥐고 다녔다. 배냇저고리를 준비한다고 수선을 떨었고 포대기를 사달라고 오빠에게 떼를 쓰기도 했다. 가끔씩 정신이 드는 날이면 몸을 오래도록 씻었고 용추폭포로 몰래 올라가 깊은 용소(龍沼) 속으로 뛰어내렸다. 몇 번의 사고를 치른 싼토가 견디다 못해 순임을 정신병원에 입원시켰다. "우리 순임이가 저렇게 된 것은 모두가 다 그 떠돌이 개장사 놈 때문이여, 내가 예비군 훈련을 갔던 날, 그놈이 이 산막으로 오토바이를 타고 와서 혼자 있던 순임을 욕보인 것이여. 초경도 치르기 전의 어린 몸에 탱크를 들이댔던 것이지, 무자비한 놈⋯⋯. 그놈 지금은 철창 속에서 콩밥을 먹고 있지, 날벼락을 맞아도 시원찮을 만무방 같은 놈." 그날 이후 싼토의 손에는 예리한 금속성 도구가 손맛을 익혀가고 있었다. 이듬해 상철은 도망치듯 독일로 유학을 떠났다.

지난여름, 불무골에서 폭우에 폭삭 주저앉은 폐가를 지나치다 외로운 영혼 하나를 만났다. 순임의 얘기는 불무골의 전설을 주워듣고 머릿속에서 편집된 것일까? 아니면 불무골을 오르내리다 폐가 한 채를 들여다보고 그냥 구상된 소설 한 토막이었을까. 그도 저도 아니라면 그의 진생이니 이생의 어느 한때가 그렇게 흘러갔던 적이 있는 것은 아닐까. 상철은 이따금씩 꿈속에서, 치마를 뒤집어 입은 채 산판을 뛰어다니는 실성한 소녀를 만난다.

꽃물

민지는 아침 일찍 일어나 창문을 열었다. 창가로 길게 목을 뺀 목련 가지에서 막 꽃망울이 터지고 있었다. 부숭부숭한 아린(芽鱗)을 비집고 자목련 꽃잎이 속살을 봉긋이 내밀고 있었다. 저 꽃잎은 꼭 무엇을 닮은 것 같단 말이야, 혼자 중얼거리며 창문을 잽싸게 닫아버린다. 3월 꽃샘추위 바람이 민지의 분홍색 뺨을 할퀴고 지나갔다.

복사단원인 민지는 미사 때, 흰색 단복을 입는다. 오늘따라 신부님 강론이 마냥 길어진다. 짝꿍과 눈이 마주치자 '또 시작이시군' 하는 사인으로 입술을 삐쭉댔다. 노신부님은 늘 하실 말씀이 많았다. 한 시간을 넘기고도 모자라 30여 분을 더 끌며 강론이 길어진다. 미사 시간 내내 제단 위에서 손가락 하나도 까딱하지 않고 부동자세로 앉아 있기란 쉬운 일이 아니다. 민지도 처음 3학년

땐 꾸벅꾸벅 졸기도 했고 손장난도 가끔 쳤다.

민지는 오줌이 마려운 것은 아닌데 아랫도리가 묵직하고 뻐근한 것 같기도 하고 무언가 축축한 것이 흘러내리는 느낌이 들기도 했다. 민지는 마음속으로 기도를 한다. 제발 이 미사가 빨리 끝나길…… 그럼 곧장 화장실로 달려가려고 실내화 속 발가락을 꼼지락거려본다. 재의 수요일의 노신부 강론이 하나도 귀에 들어오지 않는다. 영성체 예식 순서를 놓쳐 종을 치는 것도 깜박했다. 신부님께 채근을 듣고서야 두 박자쯤 늦게 겨우 종을 쳤다. 참을 수 없는 지루한 의식들이 끝나고 드디어 마침 성가를 부르는 차례다. 1절이 끝나고 2절의 첫 소절이 시작될 무렵 신부님은 퇴장 걸음을 옮기신다. 제단에서 내려와 십자고상에 깊이 절을 하고 제의실로 향한다. 복사 둘이 먼저 앞장을 서고 신부님은 뒤따르신다.

한 사람은 촛불을 끄러 제단으로 나가고 한 사람은 제의실에 남아서 신부님 예복 벗는 것을 도와드린다. 오늘은 민지가 촛불을 끄는 당번이다. 촛불 덮개를 들고 서둘러 나가는데 신부님이 "민지야" 하고 부르셨다. 민지는 아까침에 종 치는 시간을 놓쳐서 꾸중을 들으려나 보다 하고 얼굴부터 빨개졌다. "축하한다, 민지, 단복에 꽃물이 들었네. 이제 민지도 숙녀가 되어가는구나! 촛불

끄는 것은 로사한테 맡기고 얼른 수녀님한테 먼저 가보거라." 하
시며 얼굴이 홍당무처럼 붉어졌다. 민지의 흰색 단복에 붉은 장
미꽃 한 송이가 핀 것처럼 선명하게 꽃물이 들었다.

구들장

이래봬도 이 몸이 뜨겁게 달아올랐던 밤이 헤아릴 수 없이 많 았지.

지금은 하릴없이 드러누워 햇볕을 쬐고 있는 신세가 되었지 만⋯⋯.

햇볕이 따사로우니 몸이 나른해지는구면, 늑골 사이로 벌레가 기어가듯 간질거리기도 하고.

아마도 노래기나 지네 같은 다족류 벌레가 내 옆구리를 살살 기어가는 모양일세.

하얀 뭉게구름이 몽실몽실 피어나고 하늘이 점점 높아지는 것 을 보니 가을이 오려나 봐.

아무래도 황도 시계는 못 속여. 엊그제가 처서였고 낼모레가 백중절기라지.

아! 하늘이 맑으니 옛날이 몹시 그립구먼……. 인간들을 품어 키웠던 성스러운 시절이 말이야.

이 몸으로 벌거숭이 인간들을 여럿 품어 키워냈지.

추위에 벌벌 떨던 털 없는 것들을 동굴에서 끌어내 열정으로 품어주었지. 우리 조상들은 유구한 역사를 한민족과 같이해왔어. 아마도 그 기원을 반만년 전 석기시대부터 뒀을 거야, 정확한 시기는 나도 잘 모르겠지만. 그래서 세계에 유례 없는 독특한 온돌방 문화를 꽃피웠고. 그 진수를 품은 하동의 칠불사 아(亞)자방이 아직도 군건히 건재하고 있지.

그러고 보니 내가 이렇게 드러누운 지도 벌써 여러 해 되었구먼. 어느 해 여름이던가? 매미란 태풍이 몰려와 내가 살던 농가를 무너뜨렸어. 지붕이 무너지고 주춧돌이 쓸려갔고 나도 알몸으로 튀어나왔지. 도대체 체면 차릴 경황이 없었으니까. 아따! 그때 생각만 하면 지금도 아찔하다니깐. 매미가 세상을 한 입에 삼킬 뻔했지.

오늘은 제법 몸이 따뜻하게 달아오르는구먼, 옛날 생각에 젖어들게끔시리. 인간들은 참 인정머리가 없는 족속들이야. 즈그들을 키워낸 오랜 성을 잊고 우리 근제를 꺼많게 잇어버려. 우리 대신

동파이프 보일러나 전기 장판을 깔고 좋다고들 해해거리지. 어디 뭉근하고 따땃한 맛이 우리 몸만 할까. 이제 끊어진 정은 영영 멀어져가네.

버려진다는 것은 쓸쓸한 거야. 잊혀진다는 것은 더 끔찍한 일이고. 이렇게 알몸인 채로 세월을 보내다 보면 나까지 정체성을 잃을까 봐 두려워. 내게서 뜨거웠던 기억이 지워지면 난 그저 납작한 하나의 돌일 뿐이야. 그래서 이따금 내 이름을 불러보지, '구들장!' 하고 말이야.

낙타, 멍에를 벗다

Y선생은 아침마다 편지를 쓴다, 지방에서 대학을 다니는 아들에게.

〈혁(赫)의 싸이홈피〉

아들아! 낙타가 온몸에 모래바람을 뒤집어쓰며 터벅터벅 사막을 걸어가는 것은 주인인 비단장수 왕 서방이나 아라비아 상인을 돕기 위해서가 아니라 그저 어딘가에 자신이 통과할 바늘귀가 있을 거라고 희망하기에 긴 속눈썹을 껌뻑대며 마냥 걸어가는 것이란다. 우리 인생도 낙타의 여정과 다름없지. 광막한 사막 한가운데 서 있는 것처럼, 길은 아득히 멀고 거친 바람 사정없이 살갗을 찢으며 눈앞은 뿌옇고 막막한…… 그러나 한 발 한 발 내딛는 것이 인생이란다. 낙타가 바늘귀를 찾아 떠나듯이…….

새봄, 사랑하는 혁(赫)에게 임마가.(2005.3.10. 09시 20분)

〈댓글〉

낙타들에게

사막을 건너는 낙타들아 돌아오너라. 너희들이 빠져나갈 바늘 귀는 세상 어디에도 없단다. 눈 나쁜 어느 번역자의 오류로 애먼 부자들과 수많은 너희들을 오랫동안 고생시켰구나. 밧줄(gamta) 을 낙타(gamla)로 오역(誤譯)하는 바람에 '부자가 천국에 들어가는 것은 낙타가 바늘귀를 빠져나가는 것보다 어렵다'라고 했던 것이 란다. 이제 이 경구는 '부자가 천국에 들어가는 것은 밧줄이 바늘 귀를 빠져나가는 것보다 어렵다'로 수정해야 할 것이다. 원래 히 브리어 경전에는 그렇게 씌어 있었느니라. 바늘귀를 좀 더 크게 만들어 밧줄을 통과시키면 부자들도 천국에 들어갈 확률이 높아 지지 않겠니. 부자들은 이제 절망을 버리고, 너희들 또한 멍에에 서 풀려났으니 네 갈 길로 가렴. 너의 긴 목을 휘이휘이 내저으 며, 네 몸에 새겨진 아날로그 지도를 찾아서 멀리멀리 도망가렴.

추신 : 내 어머니의 잠언에서도 부디 풀려나거라, 낙타들아.
아린(芽鱗)을 비집고 나오는 백목련 꽃잎을 바라보며(2005.3. 10. 14시 혁(赫) 쓰다)

아들에게 느닷없이 뒤통수를 얻어맞은 Y선생은 골이 흔들리는 지, 싸이 창을 닫고 해 질 녘까지 빈 모니터만 바라보고 앉아 있다.

매미

　지난여름 그악스럽게 울어댄 제 울음소리 때문에 밤잠을 설치셨다니, 정말 미안해요. 잃어버린 유니콘을 찾아달라고 보챘던 게 아니었어요. 제 몸의 생체 시계가 자꾸만 깨졌던 밤이었거든요. 제 아비, 할애비 그리고 그의 할애비들로부터 물려받은 수억 년의 시간이 축적된 생체 시계가 고장 났던 거예요. 한 치의 오차도 없이 세상 시침을 몸에 새겨 제 아들놈에게 전달해야 하는데, 그 게놈 지도가 그만 길을 잃었던 밤이었어요. 대낮처럼 밝힌 전등불빛 때문에 잠시도 눈을 붙일 수가 없었지요. 불면증에 시달려 머리가 약간 돌았다고 하더군요. 우리 조상의 유구한 지도를 잃어버리지 않으려고 악을 썼던 밤이었어요. 제발 저희들의 생체 시계가 원래대로 돌아갈 수 있도록 가로등 불빛을 좀 꺼주세요. 저는 제 아들놈에게 전해줄 유전자 시계를 지켜야 하거든요.

지난여름엔 정말 미안했어요, 밤잠을 설치게 해드려서. 그럼 7
년 후에 또 봐용.

이화원경(梨花遠景) 1

언덕이 온통 눈밭처럼 하얗다.

달리던 차 안으로 배추흰나비 한 마리가 날아들었다. 출구를 찾지 못하던 놈이 앞 유리문에 몇 번인가 부딪쳐 곤두박질치더니 기절했는지 숨을 할딱였다. 영규는 갓길에 차를 세우고 차창을 열어 나비를 쫓아냈다. 놈은 잠시 머뭇거리다 팔랑팔랑 날개를 털고 언덕 위로 날아갔다. 영규의 시선도 자석에 끌리듯 배추흰나비를 따라 언덕으로 향했다.

좁다란 오솔길이 2차선 지방도로에서 언덕으로 이어졌다. 경운기 한 대가 겨우 지나갈 만한 길이다. 영규는 조심스럽게 그 길로 차를 몰았다. 조금만 한눈을 팔았다가는 영락없이 바퀴가 도랑으로 처박혀버릴 듯한 좁은 흙길이다. 앞서 난 바퀴 자국을 벗어나지 않노록 창문을 열고 고개를 쭉 빼서 아슬아슬하게 운전을 한다. 눈밭의 정체를 좇아서 언덕을 오르는 영규의 등줄기엔 땀이 축축하게 배었다. 안간힘을 써 올라와보니 과수원이다. 울타리도 없는 과수원은 낯선 방문객을 아무런 저항 없이 받아들인다. 보호막 하나 없이 마당을 가로질러 안쪽 깊숙이 차바퀴 자국이 뻗어 있다. 마당 여기저기에 널려 있는 농기계들이 주인의 손길을 잃은 듯 붉은 녹을 뒤집어쓴 채 제멋대로 나뒹굴었다.

이렇게 고울 수가! 초여름날, 허물을 갓 벗고 나온 배추흰나비 날개 빛깔이 이처럼 고왔을까. 투명하리만치 말간 순백의 꽃잎들이 눈앞에 펼쳐졌다. 성큼 다가가 한 입 베어 물고 싶을 정도로 싱그러운 배꽃이다. 봄 가뭄이 길어 농부들 애를 태우더니 꽃향기가 더욱 진하다. 탐스런 꽃송이들이 다복다복 눈송이를 뭉쳐놓은 듯 하얗다. 넋을 잃고 바라보던 영규는 차마 눈을 감는다. 달착지근한 향기가 꿀벌의 더듬이가 아니더라도 꿀샘을 찾아낼 수 있을 것 같았다. 꽃향기를 즐기던 영규는 벌이 된 듯 날고 싶은 충동에 어깻죽지가 절로 들썩여졌다.

한참 만에 눈을 떴을 때 언뜻 그림자 하나가 스쳐갔다. 사람 소리는 들리지 않는데 꽃밭에는 분명 움직이고 있는 물체가 있었다. 안경을 벗어 렌즈를 깨끗이 닦아 다시 썼다. 맑은 렌즈를 통해 들어온 물체는 그림인 듯 실체인 듯 분간키 어려웠다. 좀더 가까이 다가갔을 때야 여자의 손놀림이 관성처럼 움직이고 있다는 것을 알았다. 배꽃을 따다니? 그것도, 딴 꽃을 땅바닥에 연신 버리고 있지 않은가. 순백의 꽃잎에 손끝을 대기만 해도 떨림이 오는데. 아무런 표정도 없이 기계적으로 움직이는 저 손놀림. 얼른 쫓아가서 꽃을 따는 손목을 콱 부러뜨려놓고 싶은 충동이 일었다. 여리디여린 배꽃을 사정없이 따내는 인정머리 없는 인간을. 여자는 배꽃을 따는 일에 집착하듯 모지락스럽게 가위질을 해댔다.

영규가 큰기침을 두어 번 했으나 아무런 반응이 없다.

늦봄, 한적한 골짜기에는 산란을 잃은 늙은 뻐꾸기 울음소리만 끊어질 듯 끊어질 듯 애절하게 울려퍼졌고, 사람 그림자는 실체가 없었다.

이화원경(梨花遠景) 2

　종일토록 울어대던 뻐꾸기 울음소리가 딱 그쳤다. 어느새 짙은 산그늘이 과수원을 덮었고 저녁 푸른 이내가 골짜기로 서서히 내려앉는다. 그제야 여자는 배밭에서 마당으로 내려왔다.

　"오늘은 손님이 거들어주셔서, 일을 많이 쳤네요."

　모자와 장갑을 벗으며 여자는 쓰러질 것처럼 걸음을 비틀거렸다. 봄볕에 그을린 얼굴이 밤고구마 때깔처럼 자홍색이 되었다. 과수원 한편에 자리한 조립식 가옥이 그녀가 사는 집이다. 마당 구석에서는 전기 모터가 웡웡거리며 돌고 흰둥이 진돗개와 여자가 이 외딴집에서 무서움도 모르고 살아간다. 간이 수도꼭지에서는 연신 찬물이 철철 흘러 넘쳤다. 여자는 저녁 쌀을 씻으며 빈말인지 참말인지 나그네에게 밥을 먹고 가라고 붙잡는다. 남자는 가장도 없는 집에 눌러앉아 저녁밥을 얻어먹고 갈 비위가 못 되는 위인이었다.

"다슬기 국물에 아욱을 듬뿍 넣고 끓였어요. 봄에 먹는 올갱이 국이 제 맛이지요."

여자는 내외하는 기색도 없이 그저 동네 사람처럼 아니면 오래 전부터 알고 지내온 사이처럼 스스럼없이 말을 건넸다. 나그네는 겸연쩍어하면서도 밥상 앞에 앉았다. 여자가 부엌 선반 위에 놓인 두툼한 백자 항아리를 내리더니 술을 뜨기 시작했다.

"작년에 담근 이화주(梨花酒)예요, 백운향이라고도 하고, 향이 아주 깊게 들었어요. 반주로 한잔 들어보시지요."

여자의 살림살이는 예사롭지 않은 것들이었다. 배꽃처럼 뽀얀 백자에 술을 담았고 술잔 역시도 은회색 술잔이었다. 은회색 술잔에 담긴 노르스름한 황금색 액체가 술맛을 더욱 돋우었다. 나그네는 여자에게 받은 술잔을 코앞에 대고 향기를 음미했다. 맛보다 향이 좋아 즐기는 술이 있고 또는 빛깔이 좋아서 즐기는 술이 있다. 이화주는 향과 빛깔 모두가 매혹적이어서 안 마시고는 못 배길 유혹 덩어리였다. 농익은 술맛이 혀끝에 착 달라붙어 달착지근했다. 점심도 거른 빈속에다 몇 잔을 거푸 들이켰다. 여자는 고추장에 박은 장아찌라며 더덕장아찌를 손으로 찢어주었다. 올갱이국과 더덕장아찌를 안주 삼아 술잔이 몇 배 오고 갔다.

5월 감우(甘雨)에 젖은 듯이 여자의 목소리가 녹녹했다. 오래전 부터 귀에 익은 듯한 목소리 그리고 갸름한 얼굴과 길쭉한 목선이 누군가의 이미지와 많이 닮았다는 느낌이 들었다.

취기가 오른 나그네는 기분이 달떠 밥상을 물리고 마당으로 나왔다. 소슬바람에 분분히 날리는 꽃잎이 마치 배추흰나비가 나는 모습인 양 하늘하늘 날아갔다. 낮은 산봉우리 위로 뜬 상현달이 활시위를 하늘로 향하고 있는 밤. 초엿새쯤 됐을까? 아직 살이 붙지 않은 몸이 가냘프다. 몸집을 깎아내는 하현달이 아니어서 다행이다. 무한히 담아낼 여유가 있는 몸이라 좋다. 나그네는 마당 귀퉁이에 있는 평상 위에 몸을 벌렁 눕혔다. 바로 옆 배나무에서는 늦사리 꽃봉오리들이 보시시 열리는 소리가 들려온다. 깊은 우물 같은 하늘에서 무수히 별이 쏟아져 나그네의 눈꺼풀을 덮었다. 오늘은 운수 좋은 날이다. 가던 길을 멈추고 배꽃 따는 여인을 만나 글감을 얻었고 백운향까지 얻어 마셨으니. '백운향(白雲香)'이라, 옛사람들은 술 이름도 그럴듯하게 붙였다. 흰구름 위를 둥둥 떠다니는 신선이라도 된 듯 나그네는 '이화에 월백하고……'를 흥얼거리며 먼저 살다 간 이조년이란 시인을 떠올렸다. 그도 중년을 맞으며 인생 전환기의 허무한 심경을 이렇게 읊조렸을까?

한 뼘 남은 산 너머로 상현달이 그 자태를 감추려는 듯 스러지고 있다. 백운향의 취기 속으로 허약한 몸이 자꾸만 곤두박질쳤고 나그네의 눈꺼풀은 천근 무게로 내려앉았다.

이슬이 촉촉이 내리는 봄밤이 속절없이 깊어갔다.

자웅동체(雌雄同體)

정오가 지나면서 모처럼 햇빛이 반짝 들었다. 여자는 툇마루에 앉아 해바라기를 하고 있다가 벌떡 일어나 바짓가랑이를 걷어붙이고 장독대 물청소를 시작했다. 일주일 내내 장맛비가 내려 장독대에 물이 찼었다. 땅은 물론이고 돌 틈새, 나뭇잎, 늙은 살구나무 수피에까지 물이 차서 퉁퉁 부풀었다. 온통 물 먹은 세상이다.

여자는 수도꼭지에 긴 호스를 연결해서 흙탕물이 한바탕 휩쓸고 간 장독대에 세차게 물을 뿌려댔다. 다섯 살짜리 민지도 대야에 물을 가득 담아 들고 거들겠다고 따라나섰다.

"엄마, 이리 좀 와봐, 뿔 달린 지렁이가 또 나왔어."

민지가 가리킨 곳을 여자가 들여다본다. 어른 집게손가락만 한 놈이 꿈틀꿈틀 된장 항아리를 타고 오른다.

"저것은 뿔이 아니고 더듬이겠지. 그리고 지렁이가 아니고 민달팽이라고 했잖아."

"그럼 왜 달팽이집이 없어?"

"집이 없으니까 이름이 민달팽이가 됐지."

"집을 어디다 잃어버렸대?"

"글쎄다."

야무지게 물고 늘어지는 민지의 물음에 여자는 말문이 막혔다. 아이의 얼굴이 갑자기 시무룩한 표정으로 변했다.

"아이 불쌍해라! 쯧쯧."

아이는 혀까지 찬다.

"그럼 증조할머니한테 물어봐."

여자는 수돗가 평상 끝에 걸터앉은 할망에게 아이를 떠넘긴다.

아까부터 장독대 물청소하는 것이 못마땅해서 지팡이를 땅에 콕콕 찍으며 노려보던 할망이 기회다 하고 끼어들었다.

"아직 비가 들 왔다닝께. 내 삭신이 80년 된 기상대여. 오늘 밤에도 엄청 쏟아질 텐디, 자발스럽게 깔끔을 떨고 그려. 저 짐성이 기어 다니는 걸 보면 몰러. 아직도 비가 많이 남아 있당께."

팔순의 노인은 지팡이 끝으로 민달팽이를 밀어 떨어뜨렸다.

"어여, 느그 집으로 들어가. 벌건 대낮에 홀랑 벗은 놈이 어디서 어슬렁거려. 숭직한 놈. 평생을 암수 놈이 한 몸으로 붙어서 똥구멍 맞추고 사는 족속들이."

할망은 침을 퉤퉤 뱉으며 달팽이를 쫓았다. 여자가 깜짝 놀라 눈을 동그랗게 치켜뜨고는 할망을 노려보았다. '시방, 저 노인이 자웅동체(雌雄同體)를 말하려고 하는 것 아닌가? 저 미물의 생식기관까지 다 알고 있다는 것이지.'

갈색 등에 윤기가 반지르르 흐르는 놈은 더듬이를 한껏 곧추세우고 타인의 시선쯤은 아랑곳없다는 듯이 제 걸음으로 느릿느릿 장독대를 기어 내려간다.

증조할머니의 지팡이를 뺏어버린 민지가 방으로 뽀르르 뛰어 들어가더니 제 손수건을 들고 나왔다.

"옷을 안 입었으니까, 이불을 덮어줘야지."

놈의 등에 노란 손수건이 사뿐히 덮였다. 투명한 햇살이 민지의 얼굴에 머문다. 된장독에 마지막 행주질을 치던 여자가 체머리를 가볍게 흔들더니 고무장갑을 벗어 던지고 황급히 방으로 뛰어 들어간다.

여자는 서둘러 노트북 전원을 켰다. 여자의 손놀림이 자판에서 빠르게 춤을 추기 시작한다. 어제까지만 해도 여자는 밤잠을 설쳤었다. 일주일 내로 엽편소설 두 편을 써달라는 청탁을 받고 닷새째 끙끙 앓던 중이었다, 소재를 잡지 못해서. 어젯밤 여자의 앓는 소리가 놈의 안테나(더듬이)에 걸려들었나?

기억 저편의 기억

실실이 늘어진 수양버들 사이로 실개천이 흐르고 그 속에서 노니는 쉬리의 꼬리지느러미처럼 매끄럽고 유연하게 그녀의 좁은 길을 타고 힘차게 유영해 들어갔다. 어둠 속 긴 터널 끝에 호두만 한 소우주가 들어 있었고 그곳에서 열 달을 노닐다가 거인이 되어 다시 그 좁은 문을 통과해 세상 밖으로 나왔다. 오래전의 나는.

오늘, 나는 기억 저편에서 퇴화되었던 꼬리를 꺼내 살며시 흔들어본다.

밥

내게 소원 하나 있지. 그게, 흙이 되는 것이야.

흙으로 돌아가 모든 생물의 밥이 되는 거야.

생명의 원초적 밥.

천지자연을 스승으로 섬기며 살아가는 유(柳)의 생각.

민달팽이

　건조한 북풍이 골목의 불온한 것들을 몽땅 휩쓸고 가는지 쇳소리를 내며 지나갔다. 대한이 소한 집에 놀러 왔다가 고뿔 걸려 갔다는 농담이 있듯이 오늘 밤 소한의 위력은 대단했다. 베란다의 온도계 눈금이 벌써 영하 13도를 가리켰다. 도시의 저녁을 장악한 칼바람이 창문을 사정없이 휘갈길 때마다 내 눈길이 자꾸만 베란다의 제라늄 화분으로 쏠렸다. '동안거에 드신 그가 오늘 밤 안녕하실지? 그렇다고 거실로 들이자니 좀 거시기하고⋯⋯.

　올겨울 들어 첫 살얼음이 지던 저녁이었다. 그해 첫 추위에 몸이 얼면 겨우내 추위를 탄다는 어머니 말씀이 생각나, 따끈한 국물로 몸을 풀 생각으로 퇴근길에 아욱 한 단을 사 들고 들어왔다. 현관문을 열기 위해 오른손에 든 아욱을 옮겨 드는 순간 물컹하고 찬 느낌이 손가락 끝에 만져졌다. 섬뜩한 느낌에 나도 모르게 들었던 아욱을 홱 팽개쳤다. 현관문이 열리면서 센서등 불빛에 정체를 드러낸 놈은 새끼손가락만 한 민달팽이였다. 제 놈이 더 놀랐는지 더듬이를 바짝 오므린 채 나가떨어졌다. 그렇지만 살얼음까지 지는 이 초겨울 밤에 말랑하고 촉촉한 여린 피부를 가진 놈을 몰인정하게 밖으로 내칠 수는 없었다. 그래서 베란다 제라늄 화분에 놈의 거처를 마련해주었다. 작년에도 노린재와 무당벌레가 겨울을 나고 간 터였기에.

그는 윤기가 반지르르하게 흐르는 흑염소가 연상되는 사람이었다. 새까만 머리칼에 젤을 발라 칼날처럼 빗어 넘긴 헤어스타일하며 비쩍 마른 체격에 검정색 싱글 정장을 꽉 끼게 입은 모습이 '나 깐깐한 사람이오'라고 온몸에 써 붙인 듯이 쫀쫀해 뵈는 사람이었다. 실수로 발등 한번 밟았다가는 당장에 아작 나고 말 것 같은 쪼빗한 콧날에 신경질이 묻어 있는 날카로운 인상이었다. 메렝게 타임이 끝나고 탱고 음악이 흐르자 플로어는 텅 비었다. 〈푸른 방〉의 둘째 마디가 흐를 무렵 그가 내게로 와서 정중하게 허리를 굽혔다. 마치 연미복을 입은 지휘자가 무대에서 근사하게 인사하는 폼으로. 그의 손을 잡고 일어서는 순간 춤꾼으로서의 완강한 힘이 손가락 끝에 느껴졌다. 신데렐라의 유리 구두를 신은 것처럼 내 발이 저절로 움직였다. 무릎과 무릎이 닿는 순간 온몸의 신경신이 빨려들듯 머리끝까지 전율이 일었다. 자포동물의 촉수처럼 원초적 감각이 꿈틀댔다. 마콘도에 출입한 지가 벌써 계절이 두 번이나 바뀌었건만 이런 느낌의 상대는 처음 만났다. 남과 여의 몸이 앙상블을 이뤄 무언의 언어를 피워내는 춤은, 풀잎처럼 여리고 완벽한 하나의 언어였다. 연신 스텝을 밟으면서도 머릿속에선 수려한 그림이 그려졌다. 나도 애인이 있었으면 좋겠다. 밤새도록 춤을 추고 애인과 함께 보랏빛 노을이 깔린 새벽을 걸어 해장국집에 가서 장국 한 그릇을 가운데 놓고 마르케스의 '백 년의 고독'에 대해 논하며 한 숟가락씩 떠 먹고 싶다. 누린내 나는 질기디질긴 내장을 잘근잘근 씹으며 백 년보다 더 길고 깊은 인간의 고독에 대하여……. 시간이 얼마나 흘렀을까? 도무지 생시라고는 믿겨지지 않아 그의 발을 밟아보려고 하이힐 굽을 힘껏 내리찍었다. 그런데 이게 웬 일인가? 발이 땅에 닿지를 않고 붕붕 떠다니기만 했다. 발을 땅에 디뎌야 하는데, 그래야 하는데…….

때맞춰 바람 소리가 창을 흔들었다. 매트리스가 들썩할 정도로 발길질을 치다 번쩍 눈을 떴다. 아이고, 참! 턴테이블의 바늘이 스륵스륵 새벽을 긁고 있는 내 방이 아니던가. 짧게 한숨 잔 것 같은데 벌써 오디오 시계가 5시를 가리키고 있었다. 종아리와 발목 허벅지 근육이 뻐근하고 땅기는 게 꼭 등산한 이튿날처럼 몸이 노작지근했다.

어느 틈으로 들어왔을까, 아침 햇살이 내리쬐는 거실 바닥에 민달팽이 놈이 허리를 S자로 틀고 곤히 잠들어 있다. 바닥엔 온통 점액질의 지도를 수려하게 그려놓고서.

영원히 끝나지 않을 세혜라자데의 저녁

손종업

문학평론가 · 선문대학교 국문과 교수

이야기들은 도대체 어디로부터 오는가. 우리는 그 어떤 기원을 세혜라자데에게서 찾는다. 세상의 삶으로부터 상처를 입은 폭군 앞에서 그녀는 매일 밤 새벽이 올 때까지 이야기를 되풀이한다. 만약에 그 이야기가 폭군에게 조금이라도 재미가 없게 여겨진다면 그녀는 죽임을 당할 것이고 당연히 이야기는 거기서 끝나게 되리라. 그러므로 이야기꾼으로서 세혜라자데는 끊임없이 간지(奸智)를 발휘해야 한다. 이야기는 새롭고 흥미로워야 하며 동시에 절대로 그 호기심이 충족되어선 안 된다.

이야기의 치유력은 놀랍다. 그 힘이 이야기의 어디에 숨어 있는지는 정확히 알 수 없다. 애초에 세혜라자데가 폭군 앞에서 이야기를 하는 이유는, 오로지 자신이 처한 곤경 때문이 아니라 다른 여인들의 고통을 외면할 수 없었기 때문이다. 물론 그렇다고 해서 그녀의 이야기가 명백히 그런 사정을 드러내지는 않는다. 그녀의 이야기는 세상사를 따라 물 흐르듯 흐를 뿐이다. 그런데도 이야기를 듣는 어느 순간에 폭군의 내면에 맺힌 응어리가 녹아내린다. 이것이 이야기가 지닌 힘일 것이다.

이 책에 실린 유경숙의 짧은 이야기들은 여기에 이야기의 또다른 힘을 보탠다. 작가가 표나게 강조하는 것은 소소함이다. 소소함이란 소위 거대 담론으로서 큰 이야기들이 놓쳐버린 작은 이야기들에서 발견되는 것이다. 소설이라는 형식에 그다지 얽매이지 않으면서 작가는 이야기들을 찾아 여행을 떠나고 그 여로에서 얻어낸 이야기 보따리를 우리 앞에 풀어놓는 것이다. 소소함이란 원래 친근함으로부터 오는 것이며 동무들과 나누는 것이다. 흔히 엽편소설이라 불리는 짧은 이야기들은 그 속성상 재치에 빠져들기 쉽다. 대체로 가볍게 촐랑댄다. 짧은 이야기 안에 기지가 번뜩여야 하고 반전이 숨어 있어야 한다고 여기기 때문이다. 하지만 여기 실린 짧은 이야기들은 그 강박에서 자유롭다. 그러면서도 이야기를 듣는 우리로 하여금 따뜻하게 미소짓게 한다. 왜 그러한가.

그것은 이 이야기들이 우리네 삶의 조로서도(鳥路鼠道)에 뿌리 내리고 있기 때문이다. 물론 그렇다고 해서 이야기들이 일상사에 갇혀 있는 것도 아니다. 이야기는 조붓한 길을 따라 세상의 낯선 길들을 찾아낸다. 이런 이야기의 전통 속에 뿌리내리고 있기에 이 책에 가장 자주 출몰하는 동물이 검은 줄무늬 짐승, 곧 호랑이다. 지금 여기에서 생겨나는 이야기들도 언젠가는 옛날 옛적에 호랑이가 담배 피우던 시절의 이야기로 둔갑할 터이다. 그러므로 이 이야기들은 세헤라자데의 저녁 이야기이다. 사랑방에 모인 마을 사람들의 눈동자가 등잔만 해지고 쫑끗 귀를 기울이는 시간. 또 하나의 세헤라자데로서 작가는 새와 쥐들이 만들어놓은 길들, 갑남을녀가 시간 속에 새겨놓은 언어의 길들, 한 어린아이가 작가로 성장하는 인생 행로들을 곡진하게 풀어놓는다. 여기에 네버 엔딩 스토리, 다시 말해 영원히 끝나지 않을 이야기들의 친숙하고도 내밀한 저녁이 있다.

찔딱! 찔딱! 그의 발짝 소리가……

심아진
소설가

잠시만……. 좋은 거 줄게.

작가 유경숙이 느리게 말하며 주섬주섬 허리춤을 뒤지면, 우리는 조심해야 한다. 그녀가 내미는 건 조금 먹으면 질리고야 마는 사탕이나 과자가 아니라 돌아갈 집도, 해야 할 일도 잊게 만드는 재미있는 이야기이기 때문이다. 부지불식간에 번진 미소 한 종지, 쿡 터지는 웃음 한 보시기, 눈시울 뜨거워지는 울음 한 사발 등이 도깨비의 선물처럼 우리 앞에 펼쳐진다. 그녀 앞에 앉는 순간 우리가 있는 공간은 볕도 잘 들지만 그늘도 적당해서 도무지 떠나고 싶지 않은 시골 마을 널평상이 되고 만다.

그 평상은 어느 때에는 굴참나무 즐비한 증미산이나 붉은 노을에 취한 변산반도가 되었다가 또 어느 때에는 대륙을 훌쩍 건너 백색 준령의 알타이 산맥, 만년설 찬란한 카자흐스탄의 톈산이 된다. 도깨비처럼 능청스러운 작가는 유럽의 유서 깊은 수도원이나 고성, 오래된 소금 광산 등도 마치 집 앞 가까이 있는 주민센터나 도서관처럼 친근하게 끌어와 이야기를 잇는다. 서라벌에서 있잖아…… 마이스터 에크하르트의 비밀문서들이…… 손돌목이라는 이름이 그래서 생겨났다니까…… 베르쿠치에게 무시무시한 줄무늬 짐승이……

가본 적도 없고 살아본 적도 없는 시대의 이야기들이 작가를 통해 자분자분 흘러나온다. 흥미롭고 정겹다.

유경숙 작가는 자극을 주기 위해 유혈이 낭자한 장면을 만들거나 소리 높여 허세를 떨지 않는다. 그녀의 자전소설 「섣달 그믐날」, 「그 어쩔 수 없던 봄밤」, 「독한 년」 등을 읽으면 그 단아함과 담백함에 기가 질릴 지경이다. 소설을 읽은 후 고무신 찔딱거리는 소리가 내내 귀에 울린다든가 껌정 구루마스의 이미지가 밤새 어른거린다든가 하는 것은 억울하게도 후유증으로 자리하는 텀이다(필자는 소설을 읽은 이후 신발, 아니 고무만 봐도 그 찔딱, 찔딱 소리가 들린다).

모릅지기 소설은 작가가 사는 삶이나 작가가 세상을 바라보는 시선을 대변한다. 폭설에 굶어죽을지 모를 새들이 걱정되어 산을 오르거나(「매파 시대」) 노린재, 무당벌레, 민달팽이 등을 실내 제라늄 화분에서 살게 해주는(「민달팽이」) 소설 속 등장인물들은 작가의 따뜻한 심성과 닿아 있다. 자연과 환경, 옛것과 학문을 소중히 여기는 작가 덕분에, 바짝 마른 잎을 손바닥에 놓고 비비면 솜사탕 냄새가 나는 계수나무라든가(「처용의 변명」) 제 가시로 결코 제 살을 찌르지 않으며 제 몸을 감고 올라가는 호박 덩굴마저 넉넉히 받아주는 탱자나무(「탱자나무 가시는 제 살을 찌르지 않는다」), 그리고 한낮에 양기를 빨아들였다가 밤에만 향기를 뿜어 먼데 사람들까지 홀린다는 야래향(「동경월야」) 등을 새로이 바라보게 된다.

작가는 놓치고 있었던 삶의 잔상들, 희미해져가는 생활의 잔여들을 조급해하지 않고 천천히 건져 올린다. '나무의 겨울눈을 싸고 있으면서 나중에 꽃이나 잎이 될 연한 부분을 보호하고 있는 단단한 비늘 조각'을 그녀가 즐겨 아린(芽鱗)이라 불러주지 않았다면 우리는 그 예쁜 말을 부지불식간 잃어버렸을지 모른다. 다슬기를 잡다 물장구를 치다 지친 아이들의 입술이 청색이나 보라색, 고동색이 아니라 '애가짓빛'으로 변하는 순간은 경이롭기까지 하다. 사라지거나 죽을 위기에 처한 것들, 숨겨져 있었던 것들이 그녀에 의해 보살핌을 받고 탁탁 먼지 털린 후 다시 진열되는 순간에 동참하는 것은 신묘하고 즐거운 일이다.

　그러므로 우리는 질딱, 질딱 그녀의 발짝 소리가 들리면 각오를 단단히 해야 한다. 필시 그녀는 '아, 그게 또 있었지'라며 천천히 몸을 뒤질 것이기 때문이다. 그녀가 다른 이의 책에 나온 음식(녹설, 표태, 황석어, 팔대어 등)을 안주 삼아 참이슬 세 병을 마신 후 뒤통수를 꿰맸다거나(「일진 사나운 날」), 외롭게 서 있는 졸참나무에게 그림자 비키라고 시비 걸면서 혼자 한잔 했다는(「월하독작」) 재미있는 이야기들을 은근하게, 꾸준하게, 쏟아낼 것이기 때문이다.